無情のスキャット

人間椅子・和嶋慎治自選詩集

Heartless Scat
Shinji Wajima

和嶋慎治

百年舎

無情のスキャット

人間椅子・和嶋慎治自選詩集

第一章　デビュー前

第二章　1990—1993年

第三章　1995—1998年

第四章　1999—2003年

第五章　2004―2007年

第六章　2009―2011年

第七章　2013—2017年

第八章　２０１８—２０２３年

第一章　デビュー前

十七歳の転機

自分はロックバンドでギターを弾き、歌を歌い、曲を書いている人間である。大雑把にいうならロックミュージシャン、だ。何だか言葉にするだけで非常に胡散臭いが、果たして自分の本業がそうかと問われれば、それはそれで心許ない気もする。普段は軒先でバイクをいじってばかりいるので、先日など家電の配達員に「バイク屋さんですか」などと訊かれる始末。もともと僕は一個の人間でありさえすれば、職業等、後はどうでもよろしいと思っている男である。長年歌詞を書き続けているから、詩人といえなくもない。

「鉄格子黙示録」は十七歳の時に書いた。作詞作曲は十五歳の頃より始めていたものだが、そのほとんどが恋愛ソングであった。それが、ある神秘体験——UFOとの個人的遭遇——をきっかけに、がらりと作風が一変した。迫り来る世界の危機、大転換期を迎えるであろう人類に対して、何かしらの警鐘を鳴らさなくてはならないとの使命感に駆られたのである。あるいは逆説的表現における、人間性の回復。「鉄格子黙示録」こそが、僕の現在に至る作風の端緒であるといって間違いない。

幾つか曲はものしていたものの、自分に作詞の才能があるとは思っていなかった。鈴木君と本腰を入れてバンドをやり出した頃、それは大学三年の頃だったが、作詞はキング・クリムゾンのピート・シンフィールドよろしく詩人に任せるのがよいと考えた。当時僕の所属していた仏教青年会（部活動）にF君という天才肌の青年がおり、ウィトゲンシュタインを信奉する彼は、よく大学ノートに哲学的警句めいたものを記していた。一九八〇年代当時、すでにジェンダー論も口にしていた。「どうだろうF君、この曲に詞をつけてくれないかな」部室のラジカセで「猟奇が街にやって来る」のデモテープを掛けながら、僕はF君にそう切り出したものだが、彼の返事は、難しい、僕には出来ない、というものだった。――おそらくこの瞬間に、僕は腹を括ったのだろう。自分たちで作った楽曲は、自分たちで歌詞をつけるしかないのだ――。「猟奇が街にやって来る」は、折に触れて現れる猟奇犯罪者の歌。彼らは時代の闇の体現者なのか。無批判に犯罪を描くのは不謹慎に過ぎるが、猟奇事件が発生したならばそれはまた同時代人の心の闇でもあると捉え、書いてみた。

人間椅子というバンド名は、江戸川乱歩の小説からいただいた。宿命的に、楽曲のタイトルを小説から拝借していくことになる。「陰獣」で歌詞を書こうと思った。最初小説の筋をなぞろうと思ったが、どうもうまくいかない。何度書いてもつまらない。そうか、ストーリーに捉われるからいけないんだ、題名から想起される舞台を借りて、自身のイメージで書けばいいんだ――。そのことに気づいてからはすらすらと筆が運び、出来上がったのは夢野久作とH・P・ラヴクラフトのごった煮みたいなものだったが、本人はご満悦である。後日、お客さんに「陰獣ってラヴクラフトですよね」と看破され、むしろ嬉しかったのを覚えている。

同じ頃に書いたのが「神経症 I Love You」。当時好きだった漫画『バタアシ金魚』に影響を受けた。僕の解釈が正しいかどうかは分からないが、神経症的な部分を明るく描くのが面白いと思い、それに倣ったのだった。

次は谷崎潤一郎で書いてやろう、いっぱしの谷崎ファンを気取っていた僕は、あえて初期のマイナーな短編「人面疽」でいくことにした。そこに自身の苦い失恋も交えつつ。テレビ番組、通称『イカ天』に出る頃には、もう僕は自称「猟奇詩人」になっていた。

鉄格子黙示録

鉄格子の裂け目で　誰かが叫ぶ
射し込む月影　狂気の刃
精神病医の額の鏡が
俺の両眼を刺し潰す

親父は猫の爪　お袋は豚の肝臓
黄色い埋葬虫《しでむし》が　頭の中に蛆を産む
俺の身体には胎児が宿り
空が破けてマリアが首を吊る

猟奇が街にやって来る

まどろんだ街の憂鬱から
彼奴《あいつ》は孤独とやって来る
血みどろの首　腐った胎児
マネキンの腕に埋もれながら

闇から闇へと彷徨い歩く
禁断の錬金術のため
狂った時計　壊れた人形
分裂した poesy のカプリチオ（狂想曲）

悪夢を見せよう　猟奇を見せよう
地獄を見せよう　猟奇を見せよう
生血を見せよう　猟奇を見せよう
やって来たのは　bizarre-hunter

堕落した白痴の異教徒も
邪悪な呪文に踊り出す
異形の屍体　畸形の天使
去勢された女の鎮魂歌

悪夢を見せよう　猟奇を見せよう
地獄を見せよう　猟奇を見せよう
生血を見せよう　猟奇を見せよう
やって来たのは　bizarre-hunter

狂気の楽園の生贄は
黒山羊を孕んだ村娘
歪んだ旋律　小人が笑う
無秩序な色彩の舞踏会

悪夢を見せよう　猟奇を見せよう
地獄を見せよう　猟奇を見せよう
生血を見せよう　猟奇を見せよう
やって来たのは　bizarre-hunter

陰獣

森の木陰でドンジャラホイ
シャンシャン手拍子足拍子
小人の宴で吹く笛は
破瓜の涙と血の音色

盲《めし》いた獣を呼び出せ
邪教の儀式に狂えるまま
陰獣

堕胎の狂女がアッパッパァ
エベエベ笑ってまた孕む
へその緒ちぎった錆びた鎌
真昼の戦慄草いきれ

盲いた獣を呼び出せ
邪教の儀式に狂えるまま
陰獣

太古の眠りを貪り倦《う》みて
今や屍骸に宿るらむ
神を忘れし似非《えせ》詩人をして
百鬼夜行と呼ばせしむ

宇宙の歪みから…………
墓場の澱《よど》みから…………

禁忌の咆哮衆愚を喰らいて
げに物の怪の恐るべし
久遠《くおん》を閲《けみ》せし地底の神殿
異形像には觸れるまじ

宇宙の歪みから…………
墓場の澱みから…………

屋根裏部屋からオドロドロ
ズリズリ蠢く魑魅魍魎《ちみもうりょう》
月下に禁書が紐解かれ
腐臭に夜鷹もほくそ笑む

盲いた獣を呼び出せ
邪教の儀式に狂えるまま
陰獣

神経症 I Love You

不眠症の街に　帽子が飛べば
愛を確かめたいと　受話器が叫ぶ
かかかかか勝手な女は
ななななな泣きじゃくるばかり

拒食症の君は　ベッドの上で
黴の生えた詩集を　眺めて暮らす
まままままま待ってくれ僕は
だだだだダダイストなんかじゃない

だけどBaby　トラウマの夢は
やせた胸も　つがいの鯨にするというね

神経症 I Love You　壊れたリビドー
神経症 I Need You　倒錯の恋
神経症 I Love You　壊れたリビドー
神経症 I Need You　倒錯の恋

てててて手首の傷は
ぼぼぼぼ僕のせいなんかじゃない

だけど Baby　パラノイアの朝は
星の王子が　黒犬またがりやって来るよ

神経症 I Love You　壊れたリビドー
神経症 I Need You　倒錯の恋
神経症 I Love You　壊れたリビドー
神経症 I Need You　倒錯の恋

人面瘡

吉原もいつしか小夜《さよ》ふけて
戦慄の笛竹むせび泣く
菖蒲《あやめ》太夫に岡惚れ徒《あだ》情け
乞食《こつじき》男《を》の子《こ》の無念の調べかな

不忍の池には身投げせし
男の子の生首笑うとか
魂魄残りて菖蒲の恨めしや
女陰《みほと》の爛《ただ》れてあの世と舌を出す

だらだらどろどろ血みどろ人面瘡
だらだらどろどろ血みどろ人面瘡

横浜の波止場はぬばたまの
黒船が闇夜に消え失せる
洋妾《ラシャメン》お駒の首吊る床の間は
メリケン憎しと散りぬる女郎花《おみなえし》

だらだらどろどろ血みどろ人面瘡
だらだらどろどろ血みどろ人面瘡

愛して　憎んで　恨んだ果てに
呪って　叫んで　狂って生える

七色の人面瘡　闇に咲く人面瘡

口から　鼻から　血膿を吐いて
乳から　臍《へそ》から　笑って生える

七色の人面瘡　闇に咲く人面瘡
七色の人面瘡　闇に咲く人面瘡

第二章　1990―1993年

分け入っても分け入っても

大学卒業後、しばらくの間は書店でアルバイトをしていた。自宅アパートに近い書店だったし、もともと本が好きだったせいもある。休憩時間は自室に戻り、曲を作ったりギターの練習をしていたように思う。「人間失格」の一節「崩れた世界のはざ間から　自意識過剰があざ嗤う」は、この書店でコミックに立ち読み禁止ビニールを巻いている時に、思いついたものだ。急いでメモに書き止め、詩情が去ってしまわないようにと気もそぞろで仕事を続けたのを覚えている。ビニール巻きをする小部屋には、ラジオがあった。自分でチューニングを合わせたんだろう、よくFENが掛かっていて、メタリカの新曲もそこで聴いた。ああ、僕たちも早くラジオで曲が流れるようになりたいな――。

メタリカといえば、代々木体育館で行なわれた彼らのコンサートを、鈴木君と一緒に観に行った。普段は大人しい鈴木君が、曲が始まるや否や豹変し、一心不乱に激しく頭を振っているのが少し恐ろしかった。アンコールで彼らはオールドロックのフレーズを幾つかやった後、バッジーの「ブレッドファン」を演奏した。帰りの道すがら興奮冷めやらぬ我々は、「いがったな」「ブレッドファンやったべ」「わだぢ（僕たち）もカバーするが」「いい。やるべし」と熱く語り合ったことである。すぐに僕は作詞に取り掛かった。原曲の歌詞はさっぱり分からなかったが、ネバーネバーネバーなど言葉の繰り返しが面白い。当時僕は種田山頭火に心酔していたものだから、その響きが「分け入つても分け入つても青い山」を彷彿とさせるように思え、おそらく誰もやらないであろうロックと山頭火の融合を試みることにした。そして我々が分け入っていく場所は青い山ではない、終生悩まされるに違いない煩悩の業火であるべきだ、地獄に分け入る男の歌――「針の山」にしよう。

鈴木君と僕の出身地は青森県弘前市である。「陰獣」と同じ頃に作った曲のBメロが、鈴木君曰く地元の子供のはやし唄である由。ならば、いっそ郷土色の強い歌にする方が効果的であると考えた。テーマは出荷される林檎、である。創作ノート（二十世紀の終わりくらいまでは、僕は大学ノートに歌詞を書きつけていた）には、「コンセプト。自立。出立。エディプスコンプレックスからの脱却。モラトリアムへの決別」などと記したはずだ。つまり、それは我々自身の青春の旅立ちの歌でもあったのだ。題名を付けるにあたって、別離を表す「涙」の表記に逡巡したが、より古典的印象を与えた方がいいだろうと、「りんごの泪」とした。

姉は一頃、旦那さんの仕事の都合で、青森県むつ市に住んでいた。さすが恐山を擁するだけあって、遊びに行ったら、近隣のお年寄りが普通に幽霊の話をしているのには驚いた。そこを訪れる際だったと思う、バスの車内で「一重積んでは父のため　二重積んでは母のため」と歌が流れてきた。賽の河原地蔵和讃というらしい。早速みやげ店でカセットテープを買い、節々を取り入れて「賽の河原」を完成させた。

煩悩の火によって我々は歪んだ情熱、愛に堕ちてしまうかもしれない。実際の事件とは異なるが、「天国に結ぶ恋」はそのような消息を描いた猟奇歌。

ファーストアルバムを作った時点で、歌詞のストックは尽きた。セカンドアルバムはまだファーストからの流れですらすらと書けたが、本当の産みの苦しみが始まるのはこれからだった。詩情を離れ、原典に寄り過ぎることもしばしばだった。セールスが落ち、メジャーレーベルから契約が切られたのも、当然の帰結だっただろう。

針の山

独り見知らぬ畦《あぜ》道行けども行けども針の山
俺の穢《けが》れた臓腑を死んでる予定の母親貪《むさぼ》って
人を憎んだ数だけ犬死に猫死に無駄死に俺は死に
そして針の山から血だるま火だるま俺は堕ちてゆく

誰か無間地獄から助けて助けて針の山
俺の奢れる舌をヤットコどっこい閻魔は引っこ抜き
愛の言葉の数だけ犬死に猫死に無駄死に俺は死に
そして針の山から血だるま火だるま俺は堕ちてゆく

もっと光を求めて戻れど戻れど針の山
俺の狂える額を冥土の使いの禿鷹《はげたか》ついばんで
刺さる針の数だけ犬死に猫死に無駄死に俺は死に
そして針の山から血だるま火だるま俺は堕ちてゆく

りんごの泪

山の鵥《かけす》があはれと啼《な》くたびに
村の娘はりんごを一つもぐ
なぜ　なぜ　りんごは思う
どうして独りになるのかな
でも　でも　りんごは告げる
父《とと》さま母《かか》さまおさらばじゃ

りんごりんごりんご　りんごの哀しみ籠の中
りんごりんごりんご　りんごの哀しみ籠の中

ある夜お婆《ばば》が炉端で言うことにゃ
人に買われてりんごは紅いとさ
なぜ　なぜ　りんごは思う
どうして売られてゆくのかな
でも　でも　りんごは告げる
兄《あに》さま姉《あね》さまおさらばじゃ

りんごりんごりんご　りんごの哀しみ籠の中
りんごりんごりんご　りんごの哀しみ籠の中

十五時五十四分　青森発上野行急行津軽
りんごは今日も売られていく

お岩木山の麓《ふもと》では　お猿の弥三郎《やさぶら》手を振って
齧《かじ》るりんごも目にしみて　汽車はじょんからじょんからと

流す泪《なみだ》の血の色は　ついにりんごを紅く染め
月夜に螢も淋しがり　汽車はじょんからじょんからと

りんごりんごりんご　りんごの哀しみ籠の中
りんごりんごりんご　りんごの哀しみ籠の中

賽の河原

これはこの世のことならず
賽の河原の物語
親にはぐれた嬰児《みどりご》の
人のあはれと泣き止まぬ

現世《うつしよ》の唄を乗せて
廻向《えこう》の風が吹きつける

一つ積んでは父のため
二つ積んでは母のため
三つ積んでは人のため
Om

それはあの世のことなれば
賽の河原に鬼ぞ住む
死出の山路は暮れなずみ
子取ろ子取ろと羽虫鳴く

現身《うつせみ》の涙で出来た
輪廻の河が打ち寄せる

一つ積んでは父のため
二つ積んでは母のため
三つ積んでは人のため

Om

右も左も　分からぬ
霧と硫黄の　荒野を
鬼に追われて　子供は逃げる
石を蹴散らし　どこに行くのだろう

遊び疲れた　子供は
石の蒲団に　くるまり
水に呑まれて　湖の底
醒めることない　夢を見るのだろう

賽の河原に積んでは崩れる
賽の河原に積んでは崩れる

天国に結ぶ恋

君の右手を壜に詰めて
いつか空家の床下に埋めてみたい
君の写真にお香は焚かれ
日がな一日僕はうたた寝をしよう

愛から死への論理によって
恋の幻想は独占される

天国に結び　恋は花開く
天国に結び　恋は花開く

君の乳房の皮を鞣《なめ》して
愛の詩集の表紙を飾ってみたい
靴に満たした月経の血を
指にすくって頁の挿絵をなぞる

染色体の科学によって
肉の時間は凍結される

天国に結び　恋は花開く
天国に結び　恋は花開く
天国に結び　恋は花開く
天国に結び　恋は花開く
天国に結び　恋は花開く
天国に結び　恋は花開く

人間失格

崩れた世界のはざ間から
自意識過剰があざ嗤《わら》う
鏡の自分に叫ぶのだ
人間失格！

時計は逆さに歩き出し
関係妄想藪《やぶ》睨み
後ろの自分に叫ぶのだ
人間失格！

帰る家がない　逃げる道もない
明日見る夢も　ないないない！
カミソリがない　カルモチンもない
首くくる紐も　ないないない！

遺言状放送

世界中　家庭団欒《だんらん》だけど
気付いているよ僕　この世の終わり
そうさ見てごらん　電気看板の街
まるで時計仕掛けのオレンジのよう

屋根裏部屋から　電波を送る

地球の果てへ　宇宙の果てへ
遺言状放送只今発信中

テレビでは　戦争映画ばかり
友達も笑って　人殺しする
そうさ見てごらん　天使のいない空
まるで非ユークリッド幾何学模様

昨日の恋人に　棺桶贈る

地球の果てへ　宇宙の果てへ
遺言状放送只今発信中

妄想科学で　電波を送る

地球の果てへ　宇宙の果てへ

遺言状放送只今発信中

地球の果てへ　宇宙の果てへ

遺言状放送只今発信中

心の火事

たまや　空が破けて降りつむ星に
かぎや　俺の努力を聞けども答えず

火事だ火事だどこ火事だ
心の中の一軒家
火事だ火事だここ火事だ
焼け陥ちる前に火を消して誰か

たまや　街で噂の放火魔の奴は
かぎや　死んだ筈だよ腹違いの俺

火事だ火事だどこ火事だ
心の中の一軒家
火事だ火事だここ火事だ
焼け陥ちる前に火を消して誰か

たまや　独り合点の恋愛遊戯
かぎや　お立ち台から半鐘叩く

火事だ火事だどこ火事だ
心の中の一軒家
火事だ火事だここ火事だ
焼け陥ちる前に火を消して誰か

憂鬱時代

どこかで汽笛が嚏《くしゃみ》して
おはよう日暮れの中二階
あの子の悪戯《いたずら》壁のしみ
親父と間違いお辞儀した

憂鬱時代
憂鬱時代

気まぐれ時計の針の髭
倫敦《ロンドン》生まれのつむじ風
グリニッジ時では退屈と
オンボロ車で行っちゃった

憂鬱時代
憂鬱時代

したり顔の人太鼓持ち
無言で過ぎ去る窓の外
おやすみ夜明けの中二階
人生の漫画描くだけ

憂鬱時代
憂鬱時代

夜叉ヶ池

愛は愛欲　碧《みどり》ヶ淵の
身を投げ散りぬる　お彼岸の
宵待ち草には　銀の露
宵待ち草には　銀の露

花は霧島　累《かさね》ヶ淵の
めんない千鳥の　累々と
唇重ねて　ねんころり
唇重ねて　ねんころり

夢は泡沫《うたかた》　夜叉ヶ池の
安寿と厨子王　二人して
永遠の旅路とて　漕ぎ出でん
永遠の旅路とて　漕ぎ出でん

山の彼方《あなた》の空遠く
妹《いも》の軀《むくろ》のありと聞く
夢の通い路獣路《けものみち》
恋せし者の通りゃんせ

月のものの沼を
百歳《ももとせ》と越えて

風と生まれ
月と眠り
闇に目醒める
花と生まれ
蝶と眠り
夢に召される

生まれぬ前《さき》の妹の声
わらわの恋の証《あかし》とて
生首載せよ蓮華台
されば来世は夫婦雛《つがい》

赤い絲の張りし
琵琶の音《ね》だけ響く

凪と生まれ
月と眠り
闇に目醒める
花と生まれ
蝶と眠り
夢に召される

盗人讃歌

花ざかりの森に住む
鬼が子を孕《はら》み　一つとせ
乳母は鵺《ぬえ》に舌抜かれ
水蛭子《ひるこ》とか名附く

山よ　風よ

旅人《たびと》の肝食《は》むことの
花の雅《みやび》かな　二つとせ
簪《かんざし》なら鬼薊《あざみ》
雷《いかづち》は下僕《しもべ》

山よ　風よ
山よ　風よ

甲状腺上のマリア

そして僕はあなたのベッドに横たわり
いつの間にかあなたは絨毯で眠ってる
でもほら　あなたの寝言と話していたら
僕の声があなたの声に変わってく

そして僕はあなたの食事を見つめてる
真っ赤な穴に放り込まれる肉の断片
でもほら　あなたが無心に喰べているものは
僕の小指と薬指の腸詰《ソーセージ》

そして僕はこの部屋からいなくなつた

趣味のいい家具と白い壁
数冊の雑誌とキッチン
休日には猫の世話をして
そんなもので生きているあなた
日当たりのいいこの部屋で

でもほら　胃袋で僕は大きくなって
あなたはあなたの皮をかむった僕になる

そして僕はこの場所からいなくなった

太陽黒点

眠れぬ夜の押し入れには
腹話術師の人形潜んでるという
紫の唇《くち》緑の眼《め》
子供騙《だま》したその声が俺にこういう

1＝0，0＝1　太陽黒点を信仰するのだ
白＝黒，黒＝白　やっとお前は眠れるだろう

視床下部の底で覗けば
黒い斑《まだら》も真理の字に変わるという
二十と一の染色体
老いぼれペテン師の声で俺にこういう

1＝0，0＝1　太陽黒点を信仰するのだ
白＝黒，黒＝白　やっとお前は眠れるだろう

太陽の塔に登り　目を細め祈禱《きとう》する
太陽にペニス生えて　右に左に首を振る
それが風の原因

太陽の塔を衛《まも》り　生贄に俺を出す
太陽に子供生まれ　右に左に舞い踊る
それが革命の原因

1＝0，0＝1　太陽黒点を信仰するのだ
白＝黒，黒＝白　やっとお前は眠れるだろう

水没都市

それは遙かな古《いにし》えに
黄金の伽藍《がらん》のそびゆる都
砂に埋もれ永遠と
愛を信じた人と共に眠る

海の辺《ほと》りにたたずむ男
ひとりぼっちで貝を数える
岸に寄せ来る栄華の名残り
潮《うしお》の拍手に鎮魂の調べを謳《うた》う

何もかも　文明の　形さえ
情熱も　失望も　海の中
何もない　人々の　名前さえ
まやかしも　真実も　海の底

静かな　海だけ　冷たい　海だけ　海だけ

ワダツミノ　声聞カバ
肉体ノ　讃美ナリ

モノノアハレ　海ノ藻屑

ワダツミノ　唄聞カバ
喧噪ト　高笑イ

モノノアハレ　海ノ藻屑

波はたゆたい潮は満ちる
玉の面が終わらぬように
水の都は御母の胸に
平和の涙が男の骸《むくろ》を包む

幸福のねじ

大阪のねじ屋には
いかれ頭の外れたねじがある　パラダイス
十二指腸の白い蛇
とぐろ解《ほど》いて眉間に舌を出し　クンダリニー

夢で見かけたモザイクの町
時間の彼方　救済の地

幸福のねじ　幸福のねじ

同じ穴のむじなとは
雄《お》ねじと雌《め》ねじ目と目で合図する　テレパシー
バプテスマのヨハネなら
襤褸《ぼろ》を纏《まと》ったねじ屋の親爺だろう　ドッペルゲンガー

αとωの曼荼羅の町
ねじの福音　約束の地

幸福のねじ　幸福のねじ

「いらっしゃいませ、ねじ屋の親爺です。
まずは頭をドリルで刳《えぐ》ります。ヒヒヒ……。
左廻りは闇と破壊への道、
右廻りは光と再生の道。
どちらでも……」

幸福のねじ　幸福のねじ

幸福のねじ

なまけ者の人生

無頼と書いた蒲団で見るのは
いつかはばたく夢
髭の大家におならで挨拶
あいすみません

朝には歌　夜には恋
なまけ者の　人生ドンマイ
空には虹　俺には夢
なまけ者の　人生バンザイ

借りものの靴古びたステッキ
下ろしたてのズボン
雨に降られて女に振られて
ハハ呑気だね

朝には歌　夜には恋
なまけ者の　人生ドンマイ
空には虹　俺には夢
なまけ者の　人生バンザイ

羅生門

朱雀大路の地平に
諸行無常の陽は落ち
はるか艮《うしとら》の母よ
明日我は旅立たん

この国は誰《たれ》も鬼の貌《かたち》
それから
吹く風も胸を通り抜ける
ここは
羅生門

あれは鳥辺山の僧
阿弥陀願い我身焼く

幸せは奪い摑むものか
それとも
ゆく河に身を任すことか
ここは
羅生門

通りゃんせ通りゃんせ　あの世とこの世の六道の
通りゃんせ通りゃんせ　帰りは難儀な辻なれど

東の方　青竜昇りて上弦の月なる
西の方　白虎の漲《みなぎ》る血潮を飲み干さん
南の方　朱雀《しゅじゃく》の囀《さえず》り音にも聞け我を
北の方　玄武に跨《またが》り暁《あかつき》へ駆けゆく

第三章　1995—1998年

帰って行くところ

そろそろ三十歳になろうとしていた。四枚目のアルバム『羅生門』はセールスが芳しくなく、僕たちはレコード会社との契約を更新することが出来なかった。バンドブームの終焉もあり、同時期に多くのバンドが消えていったように思う。僕たちにやめるという選択肢はなかったのか――。人間椅子がその後も活動を続けられた一番の理由は、同郷の、同級生の、十四歳の頃から知り合いの、鈴木君と始めたバンドだからだ。当時の事務所、スタッフも尽力してくださり、インディーズレーベル「フライハイト」から一枚アルバムが出せるとなった。

レコーディングは山中湖畔にあるスタジオで、期間は一週間。短くはあるが、再出発が出来る喜びだろう、伸び伸びとした気分だった。富士山麓の環境も良く、その印象のままに空き時間を使って「ギリギリ・ハイウェイ」の歌詞を書いた。

フライハイトに決まる前、まだ先行き不透明の頃だったか、ゴールデンウイークだというのに僕は所在なげに公園のベンチに座っていた。じりじりと押し寄せてくる焦燥感。三十にもなって相変わらず僕はふらふらとしている。自分だけが取り残され、周りはいかにも楽しそうに社会と折り合いをつけていっているように見える。もう青春が終わろうとしている――安アパートに帰って、「暗い日曜日」を作った。この歌詞に出てくる新進気鋭のニューフェイスとは、中学高校と同窓のS君のことである。その頃彼は期待のクラシックギタリストとして地元の新聞紙面を賑わせており、僕はよく羨望の眼差しで眺めていたものだ。ほどなくして――残念至極なことだが――彼は病に倒れてしまった。諸行は無常である。

年下の自分たちに問題があったのには違いない。三枚目『黄金の夜明け』をもって初代ドラマーの上館徳芳さんとはお別れをしていた。四枚目は後藤マスヒロ君に叩いてもらい、やがて土屋巌君が加入、アルバム二枚制作の後再びドラマーがマスヒロ君に戻った。フライハイト、ポニーキャニオン、テイチクとワンショット契約が続く。私生活でもアルバイトを始めたり、父親の不幸があったり、実家に戻ったり、落ち着かない日々だったが、何にしろ音源発表の機会があるのは有り難いことだった。

アルバム『無限の住人』は人気漫画とのコラボ企画。時代設定に縛りがあるのがむしろ好都合に働き、古臭い語句、言い回しをふんだんに使うことが出来た。「蛮カラ一代記」「もっこの子守唄」など。「辻斬り小唄無宿編」における「詠」「業」「懊」は、それぞれ英語の「yeah」「go」「oh」に対応している。江戸っ子がイエーとはちょっとおかしいが、間投詞自体はどんな言語にもあるだろうから。「oh no」が「懊悩」だっていい。

猫はいつの時代にもいる。同様に人間の歪んだ感情である、ひねくれ、天邪鬼、偏屈も。ポーの「黒猫」の変奏曲を、数百年前の極東の地を舞台に展開してみた。中間部の支離滅裂さは、大正期のダダイスト詩人になったつもりで書いた部分。

この頃より死を直截的に扱う内容の歌詞が増えていく。父親の死を看取ったことによって、自ずとそうなったものと思われる。「九相図のスキャット」は、死体が朽ちていく様を描いた仏教絵画にヒントを得て。「胎内巡り」の後半部は、あらゆる菩薩が発心した際に立てる誓いとされる、四弘誓願文。

我々はどこから来てどこに帰るのか。それは土でもなく海でもなく、紛れもなく宇宙であると僕は考える。その我々の永遠の故郷、宇宙への憧憬の念を、稲垣足穂の小説を模して記したのが「天体嗜好症」である。

暗い日曜日

春のベンチでうたた寝したんだ
太陽はオレンヂ色で
隣り町では多分恋人が
おめかしをして待っている
行かなくちゃ　行かなくちゃ
休日の電車乗り継いで
だけど僕　だけど僕
君を見つけられるかしらん

昨日ポストに入っていたんだ
遠き便りか母の手紙
〃柱時計が壊れちまったよ
お前の身に変わりはないか〃
帰らなきゃ　帰らなきゃ
帰省の列車に飛び乗って
だけど僕　だけど僕
交わす言葉があるかしらん

暗い日曜日　誰も　急いでる
暗い日曜日　誰も　楽しげな
日曜日

三日遅れの雑誌で見たんだ
新進気鋭のニューフェイス
学生時代のアルバム開けば
僕の隣りで笑ってた
急がなきゃ　急がなきゃ
明日老人になる前に
だけど僕　だけど僕
何をなせばいいのかしらん

暗い日曜日　誰も　急いでる
暗い日曜日　誰も　楽しげな
日曜日

どだればち

どだば向ェの弥三郎《ヤサブラ》ァ
からぽねやみで
昼間目覚《オドガ》ってギターコ
むたど弾いでばし
したっキャ蜻蛉《ダンブリ》後《アド》追《ボ》って
見ねぐなったド

どだばこの坂凶作坂《ケガヅザガ》
うだでキャなア
街道《ケド》の玫瑰《ハマナス》血コ吸って
赤《アゲ》ぐ咲いだオン
葬式《ダミ》の恐《オッカネ》って子供等《ワラハンド》
ごんぼほってらネ

泣グな　泣グな　陽コァ暮れる
泣げば　山がら　もっこァ来るアネ
早《ゲ》グど　寝でまれ　寝で成長《オガ》れ

どだば雪《ユギ》降りお月様ァ
まんどろだ
外《ソド》サ出ハたキャ岩木山《サマ》ァ
じょッきど立ってナ
貴様《オメ》もけっぱれて喋ちゃんた
気コしたオン

ギリギリ・ハイウェイ

ギリギリ・ハイウェイ
黄昏た街並は
ギラギラ・ハイウェイ
電飾の墓標だね
ラジオでは第九の唄
レミングが大合唱
数珠つなぎ追い越せば
百八つ鐘が鳴る

ハンドル切り抜け出そう　窒息する世界を
アクセル踏み逃げ出そう　膨脹する宇宙へ

ドキドキ・サンデイ
逢い引きの目印は
ハラハラ・ホリデイ
護身用リボルバー
異常時の恋の行方
たまゆらに秋の空
仔猫に餌をだなんて
箱舟は御免だね

ハンドル切り抜け出そう　窒息する世界を
アクセル踏み逃げ出そう　膨脹する宇宙へ

空には彗星　箒《ほうき》のかけらで　指輪を作ろう

ギリギリ・ハイウエイ
人生はメビウスの輪
ドナドナ・ハイウエイ
ハード・トップで行くよ
ゾンビの踊る道が
僕達のウエディング・ロード
ミラー越しMt.フジ
十字架が初日の出

ハンドル切り抜け出そう　窒息する世界を
アクセル踏み逃げ出そう　膨脹する宇宙へ

時間を止めた男

子供部屋のドアを流れ星が叩く
窓の外は星がこぼれて海模様
さあ船を出そう銀河の果て目指し
彼が船長ドン・ジュアンさヨーソロー

大人たちの声が聞こえる
嘲《あざけ》りと欺瞞の彼方に

君もよく知ってるあの十字路の角
彼は十二歳の夕焼け捜してる
まるで路傍の石小雨に頬打たれ
彼は時間を旅するのさヨーソロー

何かを置いてきた気がする
教室の抽出しの隅っこに

いつでも（いつもいつまでも）
このままでいたい（このまま）
時間を止めた男

窓硝子に映る自分に
相槌《あいづち》でも打ってはみるけど

いつまで（いったいいつまで）
こうしているのか（こうして）
時間を止めた男

踊る一寸法師

逢魔ヶ時の　神隠し坂
かごめかごめで　血色に染まれ

闇に融けゆく　影法師ひとつ
人の道から　外れて伸びろ

きれいみにくい　みにくいきれい
からくれないと　道化は笑う

我を造りしこの世の理《ことわり》
振りさけ見れば地獄なる
我の卑しき空ろな魂魄
満たさん戦慄断末魔

無限の住人

広いみ空に浮世と消える
花も霞の千切れ雲
夢は現世《うつしよ》水面《みのも》の月よ
揺れて儚《はかな》く蓮になり
噫乎《ああ》　どれだけ人を
噫乎　見送るのだろうか

無窮の命と
無常の心で
無明の世界に
我は歩き出す

遠くはためく番《つがい》の千鳥
人は誰しも愛語り
噫乎　いつまで君を
噫乎　見守れるだろうか

無窮の命と
無常の心で
無明の世界に
我は歩き出す
我は歩み征く
無限の住人

月の都を剣太刀《つるぎたち》
身は三界の狩衣
肩も鯔背《いなせ》に闇切らば
飛び六法の卍舞い

蛮カラ一代記

花は桜木人は武士
見事散るのが冥利とて
抜かば刃文も馨《かぐわ》しく
咲いてみせよう男花
ソレ

寄せる荒波受けとめて
沖を睨まう岸壁よ
雨の穿《うが》てどへこたれず
どんと構える男意気
ソレ

右や左の檀那様
俺の話を聞いとくれ
生まれ奥州在郷の
山猿相手に相撲取り

蛮カラ一代記
蛮カラ一代記

酒は盃実は器
色をめかすが習いとも
胸に刻みし志
ぐっと我慢の男振り
サテ

国の親父の言うことにゃ
本懐曲ぐるは女子なり
末の妹は人買われ
ほんにこの世は儘《まま》ならぬ

蛮カラ一代記
蛮カラ一代記

富士の裾野に降り積みし
雪の白さに似た人よ
忍ぶ恋路も明け烏
その日が来るまで男道
ソレ

もっこの子守歌

村の鎮守でてんてまり
鬼こ取られでころんだ
泣げば山がらもっこ来る
ぼうやよい子だねんねこや

野良でお父さまえんこらや
家でお母さまとんからり
さがしぐしてねばもっこ来て
とって喰われるねんころり

裏の和尚さま鐘ついだ
山さからすも帰るべな
寝ねでぼごればもっこ来る
ぼうやめんこいねんねしな

辻斬り小唄無宿編

御免!
内藤新宿武家屋敷
お犬様でも寝てござる
天下泰平江戸の世に
悪の徒花咲かせよか
骸《むくろ》影射す
朧《おぼろ》月夜に
唄を吟えば
詠!　詠!　詠!

ほら　寂しやな
ほら　侘しやな
ほら　切なや　修羅しゅしゅしゅしゅ

玉屋鍵屋と　隅田の花火か
夜空に散りぬる　命とて
神田明神　抜き身に構えて
気合いは十分

越すに越されぬ　大井が川なら
人の生まれも　越えられぬ
湯島天神　太刀筋妖しく
間合いは十分

押っ取り刀で縄のれん
お代替わりに人の胆
愛《いと》し吉原名はお初
間夫《まぶ》と夢見る頃かいな
親に貰った
葵御紋《あおいごもん》も
背で泣いてる
懊!　懊!　懊!

武士は喰わねど高楊枝
傘を張る手もいとをかし
桜吹雪がこち吹かば
人にあらずの血が騒ぐ
脇に差したる
暴れ刀が
斬れと叫ぶんだ
業！　業！　業！

ほら　寂しやな
ほら　侘しやな
ほら　切なや　修羅しゅしゅしゅ

ほら　寂しやな
ほら　侘しやな
ほら　切なや　修羅しゅしゅしゅ

ほら　寂しやな
ほら　侘しやな
ほら　切なや　修羅しゅしゅしゅ

ほら　寂しやな
ほら　侘しやな
ほら　切なや　修羅しゅしゅしゅ

もう一丁！

ほら　寂しやな
ほら　侘しやな
ほら　切なや　修羅しゅしゅしゅ

問答無用！

黒猫

暗い　暗い恩讐《おんしゅう》の道の果て
じっと　虚空見つめる双つの眼
黒い　黒い頁は開かれて
闇に　さかしまの詩《うた》木霊《こだま》する
影へ肢体《からだ》をすり寄せて
追いて来るのかどこまでも——黒猫！

深い　深い忘却のドロ沼に
重く　憂鬱の滓《おり》は淀みゆき
長い　長い悔恨の時経《ふ》れば
夜は　悪夢の濁醪《どぶろく》醸《かも》すとか
嘘の膠《にかわ》で貼り付いた
笑い仮面の虚しさよ
罪の血糊の味しめて
咽《むせ》び泣くのかいつまでも——黒猫！

旋毛《つむじ》曲がりの稲妻が
脳天目掛け轟かば
笑い仮面の真っ二つ
呪詛の血が沸き肉踊る
修羅の剣山生けるのは
忘れじの君鬼薊《おにあざみ》
四五九町歩《じごくちょうぶ》の土塀には
処女の簪《かんざし》眠るとか

春の弥生の空に
気の触れ桜がひらひら
春のうららの風に
涅槃の薫《かお》りがそよそよ

老女の乳を啄《ついば》みし
赤子を真似た獄卒が
猫足立ちに囁ける
不協和音の数え唄
ひとつ人には悪業を
ふたつ不幸は愛《め》でるもの
みっつ淫らは美徳なり
よっつ世迷《よま》いの言葉吐け

春の弥生の空に
気の触れ桜がひらひら
春のうららの凪に
涅槃の薫りがそよそよ

暗く　暗く魂の紡ぎ出す
果てぬ　無為と頽廃の万華鏡
黒く　黒く逆毛立つ獣よ
何処か　懐かしく響く汝の名——黒猫！

胎内巡り

光届かぬ道標《しるべ》ない道を
俺は手探り当てどなく歩く
いつからなのかどこから来たのか
問わず語りに雷鳥が謳う

善男善女は出られるが
悪人悪女は犬になる

遥《はる》か昔に風漢に聞いた
道の果てには安らぎがあると
生きる苦悩の草鞋《わらじ》脱げる場所
俺はその地を目指してるのだろう

善男善女は出られるが
悪人悪女は犬になる

空は蒼褪《ざ》め　塗り絵じみてる
瞬く星は　ギヤマン細工
ああ　実像のない世界

針の穴から　出口は覗き
ああ　影踏みめいた世界

葛《つづら》折りした迷宮の道は
人を呑み込み依然時雨《しぐ》れてる
いや増す闇は産道にも似て
俺はかつても生まれてないのだ

善男善女は出られるが
悪人悪女は犬になる

衆生無辺誓願度
煩悩無尽誓願断
法門無量誓願学
仏道無上誓願成

九相図のスキャット

長い　夜を
梟《ふくろう》たちが連れ去って
僕は　独り
君の寝顔を見つめてる
髪を梳《とか》して　吻《くち》に紅さし
褥《しとね》を蓮華で飾るけど
両手は組まれ　瞳は閉じて
無心な童女は答えない

暗い　部屋に
白蠕《はくじゅ》はいつしか忍び寄り
僕は　今日も
君の言葉を捜してる
お腹は脹れ　頬は真ん丸
浮世の汚穢《おわい》に孕むのか
氷を撒こう　薬を打とう
目醒めの調べが欲しいなら
いつでも歌おう

夜と　昼が
空しく窓辺を過ぎ越して
僕は　夢に
君の笑顔と語ってる
髪は脱け落ち　眼球《めだま》はこぼれ
柘榴の小鼻が振り返る
おねだりしてた　緋いドレスは
髑髏になったら着せるから
それまで歌おう

（九相図のスキャット）
（九相図のスキャット）
（一番目は新死の相）
（二番目は肪脹相）
（三番目は血塗《けつず》の相）
（四番目は肪乱《ほうらん》相）
（五番目は青瘀《せいお》の相）
（六番目は噉食《たんしょく》相）
（七番目は骨連相）
（八番目は骨散相）
（九番目は古墳の相）
（九相図のスキャット）

天体嗜好症

君は人生の意味を
今も捜しているのか
だけどネオンの街じゃあ
ニュートンだって無理だね
望遠鏡があるんだ
脳味噌もキマるやつさ
サイケなレンズ潜って
地動説を語ろうぜ

果てしない宇宙へ
限りない宇宙へ
帰ろう　帰ろう
今すぐ
戻ろう　戻ろう
急いで

船長からの一言
さよう切符は片道
お土産買うぐらいなら
遺書の用意をしときな
エイリアン？　知らないね
アダムスキーに訊いてよ
ガス燈も預言してる
トーキーはお終《しま》いだぜ

果てしない宇宙へ
限りない宇宙へ
帰ろう　帰ろう
今すぐ
戻ろう　戻ろう
急いで

――デネブ――スピカ――リゲル――
……俺の……背中が……見える……
――ヴェガ――シリウス――カペラ――
……内《なか》にあって外《そと》にもある宇宙

果てしない宇宙へ
限りない宇宙へ
帰ろう　帰ろう
今すぐ
戻ろう　戻ろう
急いで

ダンウィッチの怪

俺は大地と海洋の
近親婚の末息子
因襲めいた村の奥
夜鷹に言葉教わった

俺は人間まがいだが
やるべきことは知っている
時空の裂け目呼び出して
宇宙を始原に帰《き》すのだ

扉よ開け
ヨグ＝ソトホート

五十六億七千万
時の牢屋で待っていた
腐臭渦巻く廻廊で
支配者どもは待っていた

闇にこぞりて
我が主来ませり
夜にまぎれて
我が主来ませり

……山鳴りは轟き……
……夜鷹は鳴き叫ぶ……
……悪臭は立ちこめ……
……見えぬ者は歩く……

お前の父で兄弟で
至る所に奴はいる
迷信じみた森の中
土塁の蔭に門はある

お前の嘘は美しい
呪詛と愚昧に満ち溢れ
世を頽廃で覆う度
来たるべき日へ進むのだ

扉よ開け
ヨグ＝ソトホート

闇にこぞりて
我が主来ませり
夜にまぎれて
我が主来ませり

闇にこぞりて
我が主来ませり
夜にまぎれて
我が主来ませり

まがまがしくも
我が主来ませり
おぞましくも
我が主来ませり

第四章　1999—2003年

ダダイストの目覚め

古巣のレコード会社に戻れるとなった。あまり細かい経緯は覚えていないが、メルダックの松井さんが尽力してくれたんだったと思う。アルバム再発売のことも含め、やはり同一のレーベルの方が何かと都合がいい。自分の中でも期するところがあったんだろう、再契約を機に、母親に頭を下げて実家を出ることにした。それまでの数年間、僕は地元の青森県弘前市に起居していたものだ。――僕はただ田舎から出たかっただけなのではないのか。そうかもしれない。このタイミングで僕は結婚をし、千葉県鎌ケ谷市に安いアパートを借りた。

年を重ねれば、出会い、別れ、そのどちらも増えてくるだろう。別離には様々な形がある。死者との別れ、恋人との別れ、友人知人との別れ。前向きに、未来のために、お互いのために、などといろいろ理由をつけてみるが、いずれも辛く悲しいことには違いない。幽霊でもいいから亡くなったあの人に会いたい、「幽霊列車」はそのような心情の歌。黄昏、つまり誰そ彼、彼は誰。昼と夜が交錯し人の見分けがつかなくなる時間帯は、死者と生者がすれ違ってもおかしくはない。

恋人との別離の反映でもあるのが、「少女地獄」。異性なら別れもしようが、同性の友だちだったら……自分の中のアニマを総動員して書いたつもりだったが、お祭り、あんみつ、ステロタイプになったきらいもなくはない。いや、アニマ、アニムスとはそもそもそういうものか。

結婚生活は結局二年で終わった。原因は僕の自堕落、甘え切った性格にあるのは間違いない。まことに我儘な話であるが、自分なりに一念発起し、高円寺の安アパートで一人暮らしを始めた。ここにきてようやく、本気のアルバイト生活である。音楽ではないのか――音楽ではまるで食えないのだ。自分で稼いだ金で飯を食って、余りの時間で創作活動をして、それでやっとのことまともなものが作れる気がした。

金はないが、青春が再び戻ってきたようだった。朝の陽光、街路樹の雀のさえずりのいちいちが、僕を祝福している。何と静かで自由なのだろうか。「見知らぬ世界」を書いた。

阿佐ヶ谷の図書館に行くと、統合失調症らしき少女がいる。不穏な挙動と言動が、楽しげでもあり苦しげでもある。紛れもないのは、その呟きが魂の叫びであり、純粋さのほとばしりであることだ。僕の上にも彼女の上にも、明日はやって来る。「エデンの少女」を書いた。

この時期生活が右往左往していたせいか、ステージ衣装にも脈絡がなかった。罪人の恰好をしたかと思えば探偵になったり、宇宙人の装いをしたり。『修羅囃子』の頃には、自身にそうした趣味もないのに女装——花魁の真似事をするまでに至った。確かにデビュー前のわずかばかりの間、花魁風の衣装を着てはいたが。

自分でありたいというのが、昔も今も僕の願いである。仏教的にいうならそれは迷妄で、移ろいゆく事象に翻弄されたただの幻影、空に過ぎない。であるなら迷走する衣装もむべなるかなだが、とにかく僕はまだまだ凡夫である、どうしても我見、我執から逃れることが出来ない。確証のない自分を探し求めてしまう。「愛の言葉を数えよう」は、そうせずにはおれない人間の歌だ。

ダダイストには憧れる。言葉の解体を通して、既存の価値の破壊を試みる前進的冒険者、革命者だ。その場合、けっして流行り言葉、同時代的言質を用いてはならない。いたずらに共感を得るばかりで、有象無象に埋もれてしまうからだ。ダダイストとして自覚しつつ、宣言めいた心境で取り組んでみたのが、「相剋の家」である。

幽霊列車

汽車は走る　霧の町を
浮世の山の　トンネル抜けて
ほろほろ鳥が　汽笛を鳴らす
悲しさの意味　教えてくれる町へ

汽車は走る　黄泉の国へ
三途の川の　懸け橋越えて

河原の鬼が　切符をもぎる
愛を失くした　人の眠れる国へ

幽霊列車がもうすぐ
誰そ彼の駅に着くから
懐かしの人を尋ねに行《ゆ》こうよ
幽霊列車がもうじき
彼は誰の駅を発つから
忘れじの人を捜しに行こうよ

汽車は走る　夢の中を
いっぱい貨車に　思い出詰めて
宵待ち草が　発車を告げる
過去と未来の　葛《つづら》折りなす場所へ

幽霊列車がもうすぐ
誰ぞ彼の駅に着くから
懐かしの人を尋ねに行こうよ
幽霊列車がもうじき
彼は誰の駅を発つから
忘れじの人を捜しに行こうよ

恋は三角木馬の上で

月の照らす　春高楼
君は今日も誰かを待つけど
鏡の中　見てごらんよ
丸い胸のふくらみが止まらない

恋の手ほどき　今が潮どき
ガウンを脱ぎ捨て裸で踊ろう
アイアイアイアイ

蔦《つた》の絡む　白いチャペル
君は何を懺悔するのだろう
祭壇の上　見てごらんよ
マリア様もウインクを始めてる

恋に堕ちたら　誰もふしだら
地獄の扉を二人で潜《くぐ》ろう
アイアイアイアイアイアイ

恋をしようよ　過激な恋を
三角木馬の上
恋を語ろよ　不埒な恋を
三角木馬の上

眠れよいこよ
（はいしどうどうはいどうどう）
木馬にまたがり
（はいしどうどうはいどうどう）

恋はたまゆら　明日はさよなら
最後の晩餐朝まで騒ごう
アイアイアイアイアイ

恋をしようよ　過激な恋を
三角木馬の上
恋を語ろよ　不埒な恋を
三角木馬の上

暁の断頭台

拷問部屋の彼方には
果てもしれない地獄の穴がある
業を重ねた深さだけ
憲兵どものせっせと掘るという

気にするな　誰も辿る道
怖れるな　耳を澄ませろ
お前の友もいるぞ

空は暁　　闇夜が明ける
罪より暗い　闇夜が明ける
空は曙　　朝日が昇る
血よりも赤い　朝日が昇る

断頭台の階段は
二度と戻れぬ黄泉路《よみじ》の水先人
冥土のみやげ欲しいなら
風に震える髑髏《どくろ》に聞くがいい

慌てるな　皆が進む道
煩うな　頭《こうべ》を垂れろ
お前の親もいるぞ

空は暁　闇夜が明ける
罪より暗い　闇夜が明ける
空は曙　朝日が昇る
血よりも赤い　朝日が昇る

デデンデンデケ　火の車
シャシャンシャンシャンシャラ　鐘鳴らし
バシャンバリバリ　お迎えだ

諸行無常　息を呑み
是生滅法《ぜしょうめっぽう》　天仰ぐ
念念生滅《ねんねんしょうめつ》　目は眩み
寂滅為楽《じゃくめついらく》　茜《あかね》雲

少女地獄

僕が少女になる時は
胸の虚ろに響く時
秋の空にも涙して
箸が転べば笑いたい

母さんと手をつなぎ
お買い物行ったり
妹の手を引いて
お祭りに出掛けたりするの

乙女心　振り子に合わせ
ゆらゆらゆら揺れてる
甘く囁く恋の誘惑
門限気にして時計とにらめっこ

乙女心　落ち葉につられ
ふらふらふら彷徨う
誰にしようか恋の天秤
思わせぶりして月夜とかくれんぼ

僕が少女になったなら
今日を大事に暮らしたい
あなたが今度は友達で
恋の行方を語り合う

駅前の喫茶店
あんみつをつついたり
背伸びしたお化粧で
こっそりと夜遊びもするの

少女に戻って
どこかであなたを見つけたい
少女に帰って
もいちどあなたと出会いたい

黒い太陽

咥え煙草で　海を見ていたら
胸の底が抜けて　砂に帰ってった

人でも掠《さら》ってみようか
白けた街の果てに

そして浮かぶ　心の空に
真っ黒の太陽
やがて沈む　無常の空に
真っ黒の太陽

虹の葬列の　後を追ってたら
割れた遺影の中　俺が笑ってた

誰かを呪ってみようか
道化た唄を歌い

そして浮かぶ　心の空に
真っ黒の太陽
やがて沈む　無常の空に
真っ黒の太陽

汗を拭いながら　家路辿ってたら
死んだ妹が　石を積んでいた

子供を騙してみようか
馬鹿げた恋のように

そして浮かぶ　心の空に
真っ黒の太陽
やがて沈む　無常の空に
真っ黒の太陽

死神の饗宴

まだお前は生きるのに
足踏みなどしているか
夏蝉でも死ぬるまで
声を限り鳴くいうに
俺は死を告げるもので
生の意味を諭すもの
枕元の卒塔婆持ち
お前の名を書くのだ

さあ祭りの時
死の宴の時

丑三つ刻仏壇開けて
無間地獄を垣間見ろ
三途の川位牌を背負《しょ》って
先祖代々舞い踊れ

さあ祭りの時
死の宴の時

さあ祭りの時
死の宴の時

無邪気な子のふりをして
明日《あす》を投げる奴もいる
早死にさと呟いて
今日を捨てる奴もいる
俺は容赦なぞしない
生の意義を悟るまで
目の前なる蝋燭を
吹き消すのだ何度も

さあ祭りの時
死の宴の時

人は赤子に生まれて
夢のうちに一度死ぬ
死の影絵を踏みしめて
揺り籃《かご》から覚めるのだ
俺の名前は死神
我が双子の兄弟よ
盂蘭盆会《うらぼんえ》の墓場来て
櫓《やぐら》の上立つのだ

さあ祭りの時
死の宴の時

死にゆくまで
生きぬくのだ
さあ
生きぬくのだ
死にゆくまで
さあ

エデンの少女

彼女はいつも町の外れに佇んで
流れる雲の行方見つめる
夏の日射しも硬く閉ざした心には
フィルムのように儚く映る

叫べよ少女
すべてが嘘と
人も自分も
すべてが謎と

明日からは
本当のこと
見つかるだろう
きっと信じて
エデンへ
少女よ駆け抜けろ

誰かと二人でいても
寂しくなるものだけど
彼女はいつでも
ひとりぼっち

エデンの園は笑顔の絶えぬ愛の園
町の牧師がいつか言ってた
夏の日射しは誰の上にも降り注ぐ
やがて少女も気付く日が来る

走れよ少女
虹の向こうへ
雨の上がった
空の向こうへ

彼女のことを聞けば誰もが口つぐむ
名前も知れぬ哀しい少女
流行の服に袖を通したこともない
行き交う人も振り返らない

泣くのだ少女
あたりかまわず
大声上げて
わけもわからず

明日からは
幸せなこと
始まるだろう
きっと信じて
エデンへ
少女よ駆け抜けろ

明日からは
新しい自分
出会えるだろう
きっと信じて
エデンへ
少女よ駆け抜けろ

明日信じて
エデン目指して
少女は駆け抜ける

見知らぬ世界

私は起き上がる　新しい夜明けに
窓からの陽光　鳥たちのさえずり
彼らは歌うでも　導くのでもない
すべてがあるがまま　自由のままにある

ここは　静かな世界
そして　見知らぬ世界

私はかつてには　何者だったのか
異国の戦争で　武勇を馳せたのか
それとも決闘で　無念に果てたのか
いずれも夢のよう　夢に果てたのだろう

ここは　静かな世界
そして　見知らぬ世界

時計の振り子が
気まぐれに動く
生命の雫が
無限に満ちてゆく

私は立ち上がる　ひび割れた荒野へ
今は水もないが　雨の気配はする
あなたも来たいなら　ドアは開けておこう
すべてがないゆえに　すべてがあるところ

ここは　眩《まばゆ》い世界
そして　見果てぬ世界
ここは　静かな世界
そして　見知らぬ世界

愛の言葉を数えよう

愛の言葉は美しい
天に懸かる星のよに
ただ存在に輝き
ただ永劫にたゆたう

君の中で　僕は泳ぐ
君の中で　僕は眠る
そして僕が　僕であるこ　教えてくれ

愛の言葉は悲しい
夕べに凪《な》ぐ海のよに
何時何時までも静かで
何処何処までも独りだ

君とともに　言葉は生まれ
君とともに　天地は閉じる
そして僕は　僕であるを　終えるのだろう

愛の言葉は眩しい
真夏の太陽のよに
すべての生命照らして
すべての心潤す

君の前で　涙を流し
君の前で　陽気に笑う
そして僕を　僕のままで　抱きしめてくれ

ベッドで　ソファーで
お風呂で　茶の間で
愛の言葉を数えよう

浜辺で　草原で
砂漠で　宇宙で
愛の言葉を数えよう

愛の言葉を数えよう
愛の言葉を数えよう

いつも僕が　僕のままで　いられるように

恐山

血の池地獄に打ち寄す水は
輪廻の川を渡って来やる
賽の河原の小石の塔は
積めど届かぬ浄土の願い

風車が廻ってる
母の乳房の温り思い

恐山の向こう
迷い人らの眠り就くところ
恐山の麓
やがて私も辿り着くだろう

赤は怨みで緑は無念
人の業苦が山の端染める
無縁の仏に涅槃の雪が
ただ深々と降り積むばかり

後生車を廻そうか
父の腕の優しさ込めて

恐山の向こう
迷い人らの眠り就くところ
恐山の麓
やがて私も辿り着くだろう

相剋の家

慚愧《ざんき》の数だけ涙を零せば
呵責の鎖が切れるというのか
刹那の庵《いおり》を股旅歩けば
菩提の地平が見えるというのか

青春とは不仕合わせの驕り
諦念とは高利貸しの夜逃げ

楡の花が咲いたよ

中絶の夜
絶食の月
童貞の道
相剋の家

あぁ　淡い光
茜のさす森の中
あぁ　貴方の声
我が懐かしの埴生《はにゅう》の宿

あぁ　甘い記憶
寄せては返す夢の中
あぁ　数多の恋
我忘れじの慟哭《どうこく》の歌　相剋の家

帰りたい帰りたくない
帰ろかな帰るのよそうかな

お前は逃げてるお前は逃げてる
お前は逃げてるお前は逃げてる

自瀆《じとく》の汚泥にその日を窶《やつ》せば
憤怒の仮面が笑うというのか
懶惰《らんだ》の墓標に誰かを刻めば
紅蓮《ぐれん》の車輪が止まるというのか

情熱とはチンドン屋の悟り
追憶とは破傷風の家出

茱萸《ぐみ》の実ひとつ弾けた

獄中の友
中傷の秋
月経の春
相剋の家

生きている生きてはいない
生きよかな生きるのよそうかな

お前は恐れるお前は恐れる
お前は恐れるお前は恐れる

人生とは長襦袢の契り
絶望とは団地妻の午睡《ひるね》

赤い柘榴割れたよ

勘当の町
引導の河
恩讐の母
相剋の家

他人を羨み自分を蔑み
未来を諦め何処へ行こうか

第五章　2004—2007年

新生・人間椅子

後藤マスヒロ君が脱退することとなった。次のドラマー探しには難儀したが、やがてとあるイベントでナカジマノブ君と知り合う。力強いビートだったのはもとより、ノブ君は楽しそうな空気をまとっていた。高円寺駅前の喫茶店で、僕たちはバンドの未来について話し合った。その頃僕らは全員高円寺に住んでいたのだ。

練習スタジオまで、まるでカルガモみたいに一列になってバイクで往復する。一緒に飯を食い、酒を飲み、それは新しいバンドを組んだとしかいいようのない日々だった。目の前の視界が開けて、清々しい景色が広がっている感覚――「新生」にしたためてみた。

宮沢賢治は稀有な詩人である。おおよその表現者が自己への執着、すなわち個々人の感性から出発してしか作品をなし得ないのに対し、賢治の場合は、法華経に由来するであろう他者への視点、自己犠牲にあふれている。賢治の精神性を何とか見倣えないものかと書いてみたのが、「道程」である。「君は一閃の光の中で　永劫に歩みを止めない旅人だ」は、「わたくしといふ現象は仮定された有機交流電燈の　ひとつの青い照明です」へのリスペクト。

アルバイトは、お弁当のルート配送から、出版物流センター勤務に変えていた。ベルトコンベアーから落ちてくる雑誌の塊をカゴ台車に積みトラックまで運ぶ、一言でいうなら奴隷のような、末端の肉体労働である。いやでも人間の尊厳、人生の幸福について考えさせられた。自発的に哲学的な本を読むようになったのはこの頃のこと。無為、徒労、いたずらに時間を浪費している感覚に襲われながら僕は仕事をこなし、耐えがたい時はしばしば頭の中で作詞作曲をした。

「孤立無援の思想」はまさにそうした曲。自己犠牲をするにしても己の願望を追うだけにしても、肉体に縛られた一個の人間である限り、よって立つところは自分しかいないのだ。

犯罪が絶えることはない。「青い衝動」は、彼ら犯罪者を駆り立てずにはおかないどす黒い情動とはいったいどんなものなのか、その描写を試みたもの。三番は小児性愛を示す部分だが、想像しただけで本当に気分が悪くなったのを覚えている。

書き手である僕が、表現しようとする人格にのめり込みすぎるあまりに、具合が悪くなるのだろう。ならばいったん距離を置き、あくまで俯瞰で、客観的に事象を詩として定着させ得ないものだろうか。単純な発想ながら、自らそのことに気がついた意味は大きい。なかば興奮しながら「夜が哭く」をものした。愛に飢えたままの家出少年、叶わぬ恋に落ちた深窓の美少女、人生の黄昏にある孤独な老人、彼らを俯瞰で描きながら、不思議と愛おしく、自然と僕は涙をこぼしていた。

一昨日のことはすでに忘却の彼方だが、気がかりな事案はいつまでも覚えていたりする。まだデビューする前、書店でのアルバイト時分、休憩時間に作った曲があった。身も心も溶け出してしまいそうな夏の暑い盛りには、此岸と彼岸の境界も曖昧になるであろう――「夏の墓場」という曲だった。サビを新たに作り直し、「白日夢」と改題した上で二十年越しに世に放つことが出来た。

すでに述べたように、僕はダダイストに憧れている。ある日高橋新吉を再発見した折には、狂気乱舞したものだ。新吉こそが本物のダダイスト詩人であって、ことダダイズムに限れば彼以外は模造品に過ぎない。師匠を見つけた感動の面持ちで、「どっとはらい」に臨んだ。言葉を選択する際に問われるのは、センスと表現者としての覚悟だ。この詩作を通じ、ついに猟奇詩人になれたとの手応えがあった。

洗礼

真昼の天空に　鬱々と拡がる雲
蒼褪めた馬に乗り　死神はラッパを吹く
ギンギンギラギラ　大地は燃え立ち
ザンザングラグラ　荒波沸き立つ
裁きの時が　近付いた
終わりの時が　やって来た

助けてほしいか
助かりたいのか
救ってほしいか
救われたいのか

まだ生きたいのか
まだ分からないか
まだ苦しむのか
まだ見えないか

洗礼
：：生きるための
洗礼
：：死ぬるための
洗礼

夜更けの天涯に　忽然と現わる船
蒙昧な声目掛け　鉄槌が炸裂する
ドンドンパチパチ　戦のお便り
オンオンドロドロ　病のお知らせ
裁きの時が　近付いた
終わりの時が　やって来た

夜明けの天上へ　粛々と消え行く人
千万《ちよろづ》の時を越え　煉獄《れんごく》の蓋が開く
カンカン踊りで　死人《しびと》が唄えば
ガンニン坊主が　念仏唱える
裁きの時が　近付いた
終わりの時が　やって来た
裁きの時が　近付いた
終わりの時が　やって来た

道程

君は一閃の光の中で
永劫に歩みを止《や》めない旅人だ
寄り道ばかりにみえる旅路も
運命という名前の一本の径《みち》

両目を見開いて
道の彼方を目指せよあくまで

君は過ぎ行く季節の途中で
路傍に苦しむ人々に出会うだろう
渇きを癒やす水などなくても
優しい微笑みだけは忘れぬように

奥歯を喰いしばって
道の彼方を目指せよあくまで

君は君であることの理由を
立ち止まって悩んだりしてはいけない
道程は誰かのためではなく
ただ君が歩くことで作られるのだ

地べたを踏みしめて
道の彼方を目指せよあくまで

与太郎正伝

さんさんと晴れた日は
人並に田圃へ出て
真っ青な早苗座り
ぼんやりと空を仰ぐ
とんびクルリ
目玉を回す

ざぁざぁと雨降る日は
雷がおっかないと
真っ暗な納戸入り
へそ隠して舟を漕ぐ
ねずみがチュウ
鍵掛けられた

ＨＥＹ！　与太郎
——誰からもさげすまれ
ＨＥＹ！　与太郎
——さりとてもへこたれない

びゅうびゅうと風吹く日は
大空に舞えるはずと
真っ黒なコート羽織り
瓦屋根滑り降りる
からすがカァ
肥溜め落ちた

ＨＥＹ！　与太郎
——誰からものしられ
ＨＥＹ！　与太郎
——さりとてもあきらめない

しんしんと雪降る夜は
酒屋まで使いっ走り
真っ白なだんだら坂
足元はてんてこまい
こいぬがワン
徳利割れた

誰にも期待はされず
誰にも頼りにされず
誰をも傷付けないで
誰にも嘘をつかない
——与太郎

本当は皆　君になりたい
本当は皆　君になれない

新生

朝の微睡《まどろ》みをうららな光が包む
駒鳥は天窓で目醒めのメロディ奏で
潮騒の満ち干きが地球の息吹を運ぶ
そっと

今日の扉開け　気ままな旅行に出よう
でも一人ぼっちだと不安で寝れないだろう
そう誰か相棒がいたなら愉快になれる
きっと

さあ　出掛けよう　（君と）
明日《あす》への旅　（明日へ）
さあ　始めよう　（君と）
素敵なこと

春の装いで雪解け道でも歩こう
行く先は一条の飛行機雲にでも聞こう
木洩れ日の温もりが頑《かたく》なな心溶かす
そっと

新しい生命と
消えて行く生命
限りない世界と
限りある生命

あゝ空は　静かに青い
あゝ海は　果てなく広い
ただ在ることの
いま存《い》ることの　喜び

あゝ雲は　密かに白い
あゝ風は　果かなく清い
ただ在ることの
いま存ることの　尊さ

ずっと人生は　自分だけのものだった
でも一人悩んでも答えは見えないだろう
そう誰か一言をくれれば勇気は起こる
きっと

さあ　出掛けよう　（君と）
明日への旅　（明日へ）
さあ　始めよう　（君と）
素敵なこと

何も彼にも
懐かしい
何も彼にも
新しい

さあ　出掛けよう　（君と）
明日への旅　（明日へ）
さあ　始めよう　（君と）
素敵なこと

さあ　出掛けよう　（君と）
さあ　始めよう　（君と）
明日《あした》へと　（明日《あす》へ）
続く旅

痴人の愛

夜の帷《とばり》が胡乱《うろん》に垂れる頃
笑止道化は仮面を脱ぎ捨てる
背徳の時　隠匿《いんとく》の罪
橋桁の下　刹那の夢を見る

嘘の言葉も妄《みだ》りに
そして始まる　痴人の愛

街の焔《ほむら》に彷徨う人の群れ
我身孤独の愉悦に震わせる
喧噪の奥　頽廃の隅
隧道《ずいどう》の中　秘密の部屋が待つ

夜の化粧も淫らに
やがて始まる　痴人の愛

あなたの前を私が吹き抜ける
私の指をあなたが擦り抜ける
一陣の風　一握の砂
混じることなく虚空へ消えて行く

絹の褥《しとね》も痴《おろ》かに
果てぬ愛撫が始まる
悪の薫りも仄《ほの》かに
果ても終わらぬ　痴人の愛

愛しても愛しても　足りない
求めても求めても　虚しい
触れるほど触れるほど　冷たい
抱くほど抱くほど　哀しい

品川心中

飯盛《めしもり》の宿品川の
朝は衣々《きぬぎぬ》山は富士

ええこちゃエー　ええこちゃエー

お染太夫の巻き紙の
添います主《ぬし》とあらかしこ

有り難や　有り難や

年《ねん》季が明けたらご新造に
夫婦善哉　デデレコデン

春の海に小舟がぷかり
人は生まるる時はひとり
手に手　取り合うならばふたり

さあ　海へ　海へ　参りまほう

西の空に奴《やっこ》凧がふわり
人は死にゆく時もひとり
目と目　互いに瞑《つぶ》るふたり

さあ　海へ　海へ　入りまほう

芝の本屋の金蔵は
身上軽けりゃ身も軽い

ええこちゃエー　ええこちゃエー

沖つ白波見目に皺《しわ》
回る金子《きんす》もお茶を挽く

往生や　往生や

生きて浮き名が立つじゃなし
おその六三か　ナンマイダ

目出度目出度の白無垢は
死出の旅路の左前

堪忍や　堪忍や

世帯《しょたい》持ちたやあの世でも
蓮の台《うてな》で　トテリンシャン

青い衝動

夜の気配に怯え
肩を震わす貴方
木々は不穏に騒《ぞめ》き
風は墓場に淀む

青い　青い衝動が
森を　森を吹き抜ける

月の冷気を浴びて
口に紅さす乙女
若き血潮に咽《むせ》び
鎌を磨ぎ出す婆や

青い　青い衝動が
森を　森を駆け抜ける

星の欠片《かけら》の積もる
小径《こみち》を急ぐ少年
背《せな》で蹄《ひづめ》が止まり
髭が虚空に笑う

青い　青い衝動が
森を　森を駆け巡る

孤立無援の思想

雨の煙る黄昏
蜉蝣《かげろう》のように覚束ない街
旅に出ようひとりで
友だちにそっと書き置きだけして

昨日までの日記には
さらば僕と書くのさ　oh yeah

果てない
道のり
行くのさ
oh yeah
はるかな
地平へ
行くのさ
oh yeah

空の星の瞬き
孤立無援に物言わないけど
靴をはこう急いで
恋人にそっとおやすみのキスして

想い募る写真たち
涙こらえ焼くのさ　oh yeah

果てない
道のり
行くのさ
oh yeah
はるかな
地平へ
行くのさ
oh yeah

鳴呼
ひとりきりの覚悟なら
生まれ落ちた時から　oh yeah

果てない
道のり
行くのさ
oh yeah
はるかな
地平へ
行くのさ
oh yeah

鳴呼　実存を
鳴呼　探すのさ
鳴呼　存在を
鳴呼　したいのさ

夜が哭《な》く

赤い月夜を裸足の少年がひた走る
犬の遠吠え　逆巻く夜の浪《なみ》恐れながら

他人の顔したパパとママ
明日をも知れない家なき子

遠く夜汽車は都会の灼熱を運んで来る
線路の果てに少年の住む家もあるだろう

生まれた時からひとりきり
ぬくもり求めて三千里

びゅうびゅうびゅうびゅうびゅう
みなしごの
びゅうびゅうびゅうびゅうびゅう
子守唄

誰でも心に絵筆を持っている
世界は真っ白自由に描けばいい

ほら
薔薇色にもなる　灰色にもなる　人生

誰でも心の扉は開けられる
この世は真っさら何処でも行けばいい

ほら
退屈にもなる　贅沢にもなる　人生

夜霧の逢瀬　深窓の美少女は待ちわびる
衣々《きぬぎぬ》の朝　涙で濡れそぼつ乱れ髪

交わした接吻《くちづけ》夢心地
あなたの移り気なお怖い

びゅうびゅうびゅうびゅう
たまゆらの
びゅうびゅうびゅうびゅう
恋の歌

冬の病室　孤独な老人が夢を見る
いる筈のない我が子の微笑みに嗚咽する

愛は惜しみなく奪うもの
時間は金なり玉の輿《こし》

びゅうびゅうびゅうびゅう
木枯らしの
びゅうびゅうびゅうびゅう
鎮魂歌

夜が哭《な》く
夜が哭く
夜が哭く
夜が哭く

白日夢

絵の具が溶けてゆく　夏の午下がり
いつか見た写真と　同じ街並
名も無い墓地に　僕は佇み
死者の沈黙に　耳傾けた

仏法僧たちの　懐かしい響き
たなびくお香が　ゆらりゆらり

蜉蝣《かげろう》きらめく真昼の向こうに
消えてゆきたい
生命《いのち》のさざめく真夏の彼方に
消えてゆきたい

途切れた記憶の　糸を手繰るように
ひび割れた墓碑銘を　指でなぞろうか
日傘を差した　喪服の彼女の
手向けた曼珠沙華が　風と笑ってる

悲しいぐらいの　真っ赤な花弁
雲間にひとひら　ふわりふわり

陽炎《かげろう》ゆらめく真昼の景色に
溶けてゆきたい
緑のそよめく真夏の気配に
溶けてゆきたい

蜉蝣きらめく真昼の向こうに
消えてゆきたい
生命のさざめく真夏の彼方に
消えてゆきたい

彼岸へ

牡丹燈籠

草木眠る丑三つ
ぬるい風がそよめく
下駄の音の幽《かず》かに
カランコロン近付く

ホトと門を叩くは
年増女丸髷
ぼうと滲む燈籠
浮かぶ牡丹芍薬《しゃくやく》　振袖姿

いつまでもいつまでも
お慕いしております　あなた
どこまでもどこまでも
付添うてまいります　あなた

あはれ男の顔貌には
死相の黒い影
すわと店子の八卦見たち
お嬢の菩提寺へ馳せ参ず

したり和尚のいうことには
風前の灯火
さよう過去世《かこせ》の悪因縁
観音の功徳を唱えよ

盆の鐘の響きに
卒塔婆二つ蠢く
蚊帳の中の睦言《むつごと》
髑髏《どくろ》抱けば彼方で　南無阿弥陀仏

けっしてけっして
裏切ってはなりませぬ　あなた
どうしてもこうしても
放れはいたしませぬ　あなた

秋の空の移ろい
男心に似たり
垣根越しのあの世は
恨み言を繰り出し　今宵もまた来る

さあ　ご一緒に参りましょう
さあ　ご一緒に暮らしましょう
静かに　仲睦まじく
誰にも　邪魔されずに
さあ　参りましょう

どっとはらい

空は青いな書き割りの
夕べに蛙の雨が降る
破れかぶれの地平線
結膜炎が覗き込む

捻子《ねじ》の壊れた時計台
虚無を刻んでチイパッパ

端午《たんご》の節句の沖合で
バタフライなぞするピアノ
溺れてみたのはいつの日か
あれは去年の謝肉祭

楡《にれ》の木陰で処女が泣く
恨みざらまし番頭さん

曇天つんざく朱印船
沈む夕陽の浅ましさ
朧月夜は生き別れ
きのこ雲だよおっかさん

巡る因果の平方根
唐竹割りのかぐや姫
おぼこ娘もお歯黒の
髷の島田が恐ろしい

瘧《おこり》の狛犬《こまいぬ》ひり出した
でんでん太鼓蓄音機
墓掘り人夫の餞別は
屠《ほふ》る吾《あ》が子の三杯酢

君麗しの死刑台
滴る血潮高砂や
狐の嫁入り通り魔の
錆びた刃が香ばしい

どっとはらい　どっとはらい
正気の沙汰はおしまい
どっとはらい　どっとはらい
狂気の沙汰の始まり

黄昏偲ぶ一輪車
きりもみしては交尾する
鹿鳴館の天辺で
酌婦のアジる阿呆陀羅経

猫の尿《いばり》の檜風呂
浮かぶスメグマ有り難や
上の姉様身を投げし
セーヌの畔《ほとり》に小判湧く

どっとはらい　どっとはらい
正気の沙汰はおしまい
どっとはらい　どっとはらい
狂気の沙汰の始まり

どっとはらい　どっとはらい
正気の沙汰はおしまい
どっとはらい　どっとはらい
狂気の沙汰の始まり

どっとはらい　どっとはらい
正気の沙汰はおしまい
どっとはらい　どっとはらい
狂気の沙汰の始まり

どっとはらい

第六章　2009—2011年

自分の中にいる何か

明らかに自分の中に、自分ではない何者かがいる。それは正邪を知っており、美醜を知っており、今も昔もないものだ。自分ではないと記したのは、自分の内にありながら自分を越えたものだからだ。貧困にあえぎ苦悶する日々にあって、それは天啓のごとく突然――いや微かな予感を伴いながら巨大な姿を現した。出現した当時、僕はどんなありふれた光景にも感動し、喜びの涙を流し、幸福に包まれたことである。救いは自分自身の中にあったのだ。

簡明に、有り体の言葉でいえば、心が入れ替わったのである。誰も気づかなかったかもしれない。しかしそれはどうでもいいことで、ただ僕自身が分かっていればいいことだった。かつては他人からの評価のいちいちが、ひいてはその結果としての対価めいたものが気になっていたものだが、最早さほど重要なものとも思えない。大事なことは、自身が誠実さをもって物事に当たれるか、その一点だけだった。

二十周年記念ベスト盤収録の「狂ひ咲き」の一節、「美しく散るため（中略）誇らしく散るため」は、当時の感慨をよく表している。

といって、基本的な性格傾向が激変するわけでもない。僕は自堕落な男である。歌詞の制作期間中は、自腹で旅館の一室を借り、自らを缶詰めにするようにした。『未来浪漫派』の時だ、ほとんどの歌詞を旅館で書き終え、久しぶりにスタジオに向かう際の僕の心境は、あたかも山籠もりを終え里に下るツァラトゥストラのごとくだった。何と晴れ晴れとした、澄み切った空のような心持ちだろうか。「太陽は今　已れの炎に喘ぐ」で始まる「太陽の没落」は、誇大妄想じみてはいるが、いかに僕がニーチェにかぶれたか、いかに勇気をもらったかの証左である。

ほかにも鼓舞してくれた座右の書が、ロマン・ロラン著『ベートーヴェンの生涯』である。繰り返し何度も読み、苦境をはねのけ芸術に邁進するベートーヴェンの姿に涙した。「悩みをつき抜けて歓喜に到れ！」は、真摯に喜びを希求し、だからこそ苦しみを真正面から克服せんとする人にしか発し得ない言葉だ。「深淵」における「あゝ　私が生きているのは喜びのため　あゝ　私が喜びあるのは苦しさのゆえに」の部分は、『ベートーヴェンの生涯』への返礼であり、そしてまた僕自身が極貧生活の中でつかんだ希望の言葉でもある。

それまで住んでいたアパートが、老朽化のため取り壊しをするのだという。老婆の腐乱死体が上がったから、それも原因の一つだっただろう。仕方なく僕は近所にまた部屋を借りた。今度も安普請のアパートで、隣人が在宅の折には部屋で楽器が弾けない。はた目には相変わらずの苦境だが、心に拠り所を持ち得た僕にしたらさしたるものでもない、嬉々としてギターを担いで町内の公園に向かい、昼でも夜でも練習をした。「胡蝶蘭」、次のアルバム収録の「此岸御詠歌」、いろいろな歌をそこで作曲した。

ポーの「リジイア」によれば、類い稀な美は、しばしば同じ情緒を宇宙の事物に垣間見せるのだという。けだし、愛しく思う人の仕草は風のそよめきの中にもある。美の情緒を「胡蝶蘭」にしたためた。

季節には匂いがある。初冬は焦げ臭い、黄昏れた匂い、春の訪れは永遠を感じさせる、懐かしい匂い。まさしく「春の匂いは涅槃の薫り」なのだ。「りゅうりゅうりゅうりゅうりゅう」は春風の音。

救いは自分自身の中にある、そのことは何度でも書かなくてはならない。「闇の向こうで神は待つ」「どこに行こうと神はいる」「神も仏も胸のうち」——「今昔聖」は今日も荒れ野で菩提を説いているだろう。

狂ひ咲き

つむじ風　吹けば飛ぶよな人心
あかね雲　惚れたはれたは恋の道
紅を差すのは梅の花

通り雨　尻っぱしょりの逢い引きの
朧月　見ちゃあ野暮だよ閨《ねや》の内
ひとつしっぽりお盃

仮初めの命なら　浮名でも流そか

今はの際まで　狂ひ咲き
草葉の陰まで　狂ひ咲き

たった一人　夜を数え
たった一人　明日を探す

赤く咲いて　白く咲いて
花は色づく

たった一人　風に吹かれ
たった一人　雨に打たれ

淡く咲いて　そっと咲いて
花は散りゆく

春の海　沖の白帆も仄暗い
夏の空　昨日逢ふ坂《おおさか》明日は京
草は草でも根無し草

日本晴れ　下に下にで首が飛ぶ
道の奥　安達の婆は鎌を砥ぐ
住めば都はどこじゃいな

空蝉が夢ならば　醒めるまで流離おう

今はの際まで　狂ひ咲き
草葉の陰まで　狂ひ咲き

夢を抱いて　恋を抱いて
強く咲いて　清く咲いて
花はほころぶ

渡り鳥　ぬしは浮世が楽しいか
旅烏　酒で憂き身が忘らりょか
無理は通らぬションガイナ

光陰が過ぐるとも　万感を歌おう

今はの際まで　狂ひ咲き
草葉の陰まで　狂ひ咲き

美しく散るため
清々しく散るため
芳《かぐわ》しく散るため
誇らしく散るため

太陽の没落

太陽は今　己れの炎に喘ぐ
巨大な器　余るほど熟れた果実

貧しき者へ　悲しむ者へ
洞窟潜む者へと
階《きざはし》を　下らん

空の太陽が　落ちるように
彼もひとり　落ちてくるだろう

太陽を背に　雲海見下ろす男
焼けつく叡智　肌焦がす恵み浴びて

賢しらたちへ　憐れむ人へ
幕屋で眠る驢馬《ろば》へと
松明《たいまつ》を　かざさん

空の太陽が　落ちるように
彼もひとり　落ちてゆくだろう

太陽の没落
栄光の没落
太陽の没落
天上の没落

太陽の目は　道化師にも似て暗い
善と悪との　彼岸を見てきたゆえに

痴れ者なのか　物乞いなのか
咎人《とがにん》こそは
我が輩《ともがら》と　笑わん

空の太陽が　沈むように
彼もひとり　下りてゆくだろう

千尋《せんじん》の谷
急峻な崖
牙むく獣
のたうつ大地

嘲りの声
蔑む眼《まなこ》
罵る唾《つばき》
頬打つ礫《つぶて》

太陽の没落
栄光の没落
太陽の没落
天上の没落

車輪の輪は
止まりはしない
紅蓮《ぐれん》の火は
消されはしない

車輪の輪は
止まりはしない
紅蓮の火は
消されはしない

没落する
没落する
没落する
没落する

赤と黒

幾億千もの
神々の睦言《むつごと》
雷鳴と潮《うしお》が
永《とこし》えの愛を語る

僕という形は
たまゆらの蜉蝣《かげろう》
君という奇跡は
八月の燃える太陽

孤独の鎧《よろい》と
憂鬱の兜《かぶと》
手負いの戦士は
純潔の胸で眠る

僕という事象は
自然のみなしご
君という天使が
揺籠《ゆりかご》に星を吊るす

愛のない風景は
きっと灰色
愛こそが彩る
清く　深く

真紅の薔薇《ばら》は　情熱の花
湧き上がる生きる喜び
それよりも芳《かぐわ》しい
なによりも麗しい
あなたの笑顔　涙　心

赤と黒が　混じるように
君と僕が　一つになる
赤と黒が　溶けるように
君と僕が　一つになる
永遠の君

漆黒の海は　沈黙の色
謎めいて時と微睡《まどろ》む
それよりも厳かな
なによりもたおやかな
あなたの瞳　吐息　仕草

赤と黒が　混じるように
君と僕が　一つになる
赤と黒が　溶けるように
君と僕が　一つになる
永遠の君

赤と黒が　混じるように
君と僕が　一つになる
赤と黒が　溶けるように
君と僕が　一つになる
永遠の君

君の笑顔　涙　心　すべて
君の瞳　吐息　仕草　すべて
永遠の君

月下に捧ぐ舞踏曲

満月に似合うものなぁに
ひとりぼっちの狼さ
月の光は誰のもの
親を知らない子らのもの

さあさ　踊れ　月の下
アイアイアー
夜明けまで

三日月欠けりゃなんとなる
夜空が夢を見なくなる
月の衣は誰のため
恋に患《わずら》う人のため

さあさ　集え　月のもと
アイアイアー
夜明けまで

星は五芒《ごぼう》で月は丸
丸くなりたや胸の内
月の宿りは誰を待つ
昨日帰らぬわが子待つ

さあさ　歌え　月の影
アイアイアー
夜明けまで
アイアイアー
月の下

月が回る　オホホーオンロロロ
星が踊る　オホホーオンロロロ
月が咽《むせ》ぶ　オホホーオンロロロ
夜が歌う　オホホーオンロロロ

秋の夜長のミステリー

コーヒーカップに
眼球がぷかり
スプーンですくって
花瓶に生けた

まつ毛の長さ
まゆ毛の形
どんなんだろう
とりとめもなく
お喋りひとつ
してみたいけど
あゝ　口がない

隣の猫が
じゃれているのは
ペディキュアつけた
おしゃまな素足

お化けだったら
足はないから
お化けじゃないね
寒いでしょうと
部屋に招いて
抱きしめたいけど
あゝ　背《せな》がない

恋人になってくれるかな
友だちにならなれるかな
秋の夜の
長い夜の
ミステリー

モンシロチョウが
夜空を渡る
捕えてみたら
左手だった

白くて細い
名無し指には
指輪もないから
胸にしまった
身の上話
聞いてほしいけど
あゝ　耳がない

恋人になってくれるかな
友だちにならなれるかな
秋の夜の
長い夜の
ミステリー

リンゴをむいたら
ほっぺが出てきた
ブドウの房は
黒髪だった

恋人になってくれるかな
友だちにならなれるかな
秋の夜の
長い夜の
ミステリー

トゥルルルル………

いやまし更ける
秋の夜の
長い夜の
ミステリー

深淵

天をつんざき稲妻が降ってくる
眠ったままの魂を醒ますため
光の腕は心臓をわし摑み
容赦などせず滝壺へ投げ入れる

落ちてゆく落ちてゆく　戦慄へ
降りてゆく降りてゆく　戦慄へ
落ちてゆく落ちてゆく　深淵へ
降りてゆく降りてゆく　深淵へ

苦悩と名乗る御使いが待っている
お前はいつも孤独のみ友とした
悩んだ深さ苦しみの重さだけ
底の知れない断崖を覗けよう

落ちてゆく落ちてゆく　戦慄へ
降りてゆく降りてゆく　戦慄へ
落ちてゆく落ちてゆく　深淵へ
降りてゆく降りてゆく　深淵へ

あゝ　私が　生きているのは
喜びのため
あゝ　私が　喜びあるのは
苦しさのゆえに

あゝ　私が　生きているのは
喜びのため
あゝ　私が　喜びあるのは
苦しさのゆえ
あゝ　私が　泣いているのは
幸せのため
あゝ　私が　幸せにあるのは
苦しみのゆえに

真っ暗闇を　手探りまさぐり
こわごわ進む
曲がりくねり　洞穴《ほらあな》そこらに
木霊が返る

なんて静かな世界だ
なんて大きな世界だ

岩の壁の　あちこちそちこち
偉大な教え
大回廊　果てなく連なる
古代の叡智

なんて美しい景色だ
なんて懐かしい景色だ

空の青さは生命を愛でている
世界はけして解体をしてはない
喜び咽《むせ》ぶ官能が続くまで
私はさらに苦しみを求めよう

落ちてゆく落ちてゆく　戦慄へ
降りてゆく降りてゆく　戦慄へ
落ちてゆく落ちてゆく　深淵へ
降りてゆく降りてゆく　深淵へ

阿呆陀羅経

炎がメラメラ
心はカラカラ
頭はグラグラ
体はフラフラ

六根清浄《ろっこんしょうじょう》針の山
修羅の道行く一人旅

にっちもさっちもいかない
煩悩

愛とはトキメキ
然してオウノウ
咲いてはシュウネン
散ってはオンネン
五蘊皆空《ごうんかいくう》秋の空
鳩摩《くま》の羅什《らじゅう》も泣いちっち
あっちもそっちもこっちも
煩悩

羯諦《ぎゃてい》　羯諦　羯諦
羯諦　羯諦　羯諦
羯諦　羯諦　羯諦
羯諦　羯諦　羯諦

桜がヒラヒラ
命がハラハラ
今宵もツレヅレ
思いはウタカタ
涅槃寂静《ねはんじゃくじょう》除夜の鐘
五百羅漢の笛太鼓
いつまでたっても消えない
煩悩

春の匂いは涅槃の薫り

春雷が僕を呼ぶよ
冬が過ぎ春は来やる
明け方に凍えるように
苦しみは朝の徴《しるし》

春雨が舞を舞うよ
大空の広い舞台
野や山を祝福して
僕たちは生まれ変わる

晴れ上がった宙を飛ぶ
のどやかなひばり
涙さえ誘うよな
懐かしい匂い

幽か　幽か　幽かに
りゅうりゅう
りゅうりゅうりゅうりゅう

春の声

刹那は
永遠《えいえん》

そっと

静か　静か　静かに

春の匂いは涅槃の薫り
夢の続きを運んで来るよ
愛の便りを届けに来るよ
嗚呼

春風が唄歌うよ
どこまでも希望乗せて
山彦もうっとりして
口ずさむ永遠《とわ》のハーモニー

澄み渡った空よぎる
流れ星ひとつ
時間さえ止まるよな
かぐわしい薫り

春の匂いは涅槃の薫り
夢の続きを運んで来るよ
愛の便りを届けに来るよ
嗚呼

りゅうりゅう
りゅうりゅうりゅうりゅう

春の声

春の唄

春の匂いは涅槃の薫り
夢の続きを運んで来るよ
愛の便りを届けに来るよ
嗚呼

春の匂いは涅槃の薫り
夢の続きを運んで来るよ
愛の便りを届けに来るよ
嗚呼

悪魔と接吻

真っ黒な薔薇で　俺を打《ぶ》ってくれ
滴る血潮で　息もつけぬほど
不埒な言葉を　傷に塗りたくり
昨日の俺とは　他人にしてくれ

夢から醒めない
明日が見えない
悪魔と接吻

アブサンの酔いで　俺を抱いてくれ
堕落の匂いで　目も眩むほどに
極彩色《ごくさいしき》した　酒場で与太って
いつもの俺など　消えたっていいさ

夢から醒めない
出口が見えない
悪魔と接吻

どしゃぶりの雨で　俺を泣いてくれ
どぶ泥の水で　溺れちまうほど
鉤爪を磨いで　鎌首もたげて
どこかの誰とも　知れなくしてくれ

夢から醒めない
明日は知れない
悪魔と接吻

泣げば山がらもっこ来る

おらは山出し田舎者《いながもん》だ
字だって知らねじゃ
だども話コしかせでやる
一つ聞いでけ

山さカラスが帰るのだば
おめも分がるべ
人も夜には寝ねばまいね
寝ねんでいれば

山がらもっこ来るぞ
起ぎでばりいで
泣いでばしだば
逃げるがってもだめだ
おめどそっくりの
顔したやづ来る

人さ泥んこぶつけでみろ
手ハァ泥だらけ
人さ笑って喋ってみろ
笑みコ返るっきゃ

おめのなすごど黙ってでも
おめさ来るはんで
そせば話コとっちぱれだ
そろそろ寝ねば

山がらもっこ来るぞ
起ぎでばりいで
泣いでばしだば
逃げるがってもだめだ
おめどそっくりの
顔したやづ来る

やづの正体分がんねけど
まんずおっかね
屋敷入《へ》られだどごろは皆
潰れでまたじゃ

いづもいいごどしてる家《え》さは
もっこは行がね
悪の薫《かま》りコ好ぎだんだべ
おめもそんだのが

山がらもっこ来るぞ
起ぎでばりいで
泣いでばしだば
逃げるがってもだめだ
おめどそっくりの
顔したやづ来る

泣げば山がらもっこ来る
寝ねば山がらもっこ来る
おめの顔したもっこ来る
おめの振りしたもっこ来る

泣げば山がらもっこ来る
寝ねば山がらもっこ来る
おめの顔したもっこ来る
おめの振りしたもっこ来る

泣ぐな

胡蝶蘭

朝靄《あさもや》と語り
夕立と歌う
健やかにただ咲いた
愛しい花よ

静けさを愛し
偽りは知らず
喜びにただ満ちる
つましい花よ

たなびく白い雲は
あなたの腕《かいな》
そよ吹く東風は
あなたの調べ
すべてがあなた

木洩れ日とはしゃぎ
陽炎《かげろう》と睦《むつ》む
麗《うら》らかにただ開く
優しい花よ

微笑みを抱いて
疑いは持たず
清らかにただ眠る
さかしい花よ

流れる空の星は
あなたの涙
たゆたう揚羽蝶は
あなたの夢見
すべてがあなた

はためく青い木々は
あなたの明日
羽ばたく巣立ち鳥は
あなたの希望
生きとし生けるものは
あなたの言葉
すべてがあなた

ああ　わたしの形が亡びようと
ああ　あなたの心は咲きつづく
永遠《とわ》に

ああ　わたしの形が亡びようと
ああ　あなたの心は咲きつづく
永遠に

ああ　わたしの形が亡びようと
ああ　あなたの心は咲きつづく
ああ　わたしの体が消え去ろうと
ああ　あなたの言葉は生きつづく
永遠に

胡蝶蘭

今昔聖《こんじゃくひじり》

今は昔の荒れ野で
聖《ひじり》は泣いている
聴く人もない祈りを
ひたすら誦《よ》んでいる

暗闇で眠り続ける皆様方よ
光明を怖がらないで目を開くのじゃ

進め　進め　雄牛のように進め
進め　進め　血反吐はいても進め

闇の向こうで神は待つ

暗夜の果てから　朝日が昇る
荒野をあまねく　仏が照らす

運命に任せたままの皆様たちよ
幸福は誰も運んで来はしないのじゃ

走れ　走れ　駿馬《しゅんめ》のように走れ
走れ　走れ　道がなくとも走れ

神も仏も胸のうち

進め　進め　進め　進め

無明の風が吹く度
聖はやって来る
誰でも行ける菩提を
ひねもす説いている

苦しみを見ないふりする皆々様よ
安らぎは試練からしか学べないのじゃ
笑え　笑え　雄獅子のように笑え
笑え　笑え　打たれようとも笑え

どこに行こうと神はいる

第七章　2013—2017年

言葉には魂がある

オズフェストジャパン2013に出演した。人間椅子にとって画期的な出来事であり、デビュー以来の、いや再デビューといってもいいぐらいの恩恵をこうむるのは明らかだった。ちょうどアルバム制作期間に当たっていたが、作業は一時中断、すべてをオズフェストに注力することにした。まさに正念場だった。

アルバム『萬燈籠』は、当時の気概、希望、意欲を反映したものになったはずだ。すなわち、我々が期待され、また本来やろうとしたことは日本語のハードロックであったと、あらためて認識した恰好である。北島三郎の「ブンガチャ節」にインスパイアされて、「新調きゅらきゅきゅ節」を作った。いわば古典的歌謡曲のスタイルを借りた、ハードロック宣言である。

オズフェストを契機に、僕は意を決して楽器可の物件に移ることにした。結婚時代を除き、初めての風呂付きである。貯金はほぼ使い果たし、残りは十数万円。しかしせっかくの晴れ舞台である、せめてきちんとした袴で臨みたい。近隣の呉服屋をくまなく回り、ようやく「面白い、勉強しようじゃないの」という奇特なお店が現れた。そこからこの呉服屋さんとは長い付き合いが始まるのだが——先年この方もお亡くなりになった。寂しい限りである——何しろ人間が面白い。江戸っ子気質なのか、いなせで、粋で、機知に富み、案の定遊び人である。僕は弟のように可愛がってもらった。僕にしたら初めて見知った昔ながらの遊び人なので、その感興を記すべく、同時期練習スタジオに出没した迷い猫の思い出と絡めて「猫じゃ猫じゃ」をものした。「二人水性の忍び逢い　修羅の果てまでサンサノサ」。

日本は八百万の神の国だから、すべてが人間に益をなすものばかりとは限らない。祟りをなす神、呪いをもたらす神だっているだろう。子供の頃に見た「なまはげ」は恐ろしかった。よしんば人を諭す存在だとしても、その顔には憤怒の表情が灯っている。「厳しさ　それが愛じゃ」なのだろう。

あまりに通俗的なタイトルをつけたとして、己の力量が足りない場合はただの概念に堕してしまいがちである。僕もさんざん同じ轍を踏んできたものだが、今ならいける気がした。怪談に挑戦しよう。「芳一受難」——いうまでもなく、耳なし芳一のはなし。以前であれば、芳一の受ける恐怖、もしくは亡霊のおぞましさに終始していただろうが、平家の落人の哀れさ、無念さを軸に記すことが出来た。「観自在菩薩行深般若波羅蜜多時」般若心経は芳一を守るものであると同時に、亡霊を回向するものでもあるのだ。

どんどん時代がおかしなことになって来ている。UFO体験を経た僕としては、そう思わざるを得ない。ぼちぼち本気で警鐘を鳴らすべきではないのか。「恐怖の大王」「泥の雨」は、その流れを汲む曲。「恐怖の大王」の大仰な年寄り口調は、出口王仁三郎の『大本神諭』、および岡本天明の『日月神示』に影響を受けて。「生命に明かり灯すのじゃ　心に光戻すのじゃ」。

歌詞に津軽弁を用いるのは、日本語での表現を敷衍してのこと。これまでも「どだればち」「泣げば山がらもっこ来る」など作ってきたが、どうも泥臭さ、土着性から脱することが出来ない。どこでもない古い日本を表せないものだろうか。新潟県三条市で行なわれる本成寺鬼踊りをヒントに、「月夜の鬼踊り」を書いてみた。結果として、地域を限定しない古い日本を想起させるのに成功したと思う。日本が失われつつある今——言葉には魂がある。国を国たらしめる文化とは、言葉そのものである。我々は日本語を失ってはならない。

黒百合日記

真っ暗闇に座り　日記を付けています
真っ逆様に落ちた　狂おしい恋の罠
たった独りで僕は　愛の嵐に呑まれ
待っても来ない日々に　あなたを恨みました

花びら千切って　祈るのが恋
押し花こさえて　託すのが夢

黒百合の花言葉
恋しゅうて　呪います
黒百合の日記帳
苦しゅうて　綴《つづ》ります

一輪の花こそ美しい
一片《ひとひら》の夢こそ美しい
永遠の愛こそ美しい

明日を思って　記すのが恋
涙を零《こぼ》して　刻むのが夢

黒百合の花言葉
恋しゅうて　呪います
黒百合の日記帳
苦しゅうて　綴ります

享楽だけの恋は　どなたにもございます
そんな火遊びをして　人は老いるのでしょう
どんな慰みよりも　真心を欲すのは
きっと空《うつ》けなのだと　已れを呪いました

星屑数えて　願うのが恋
星座を描いて　宿すのが夢

黒百合の花言葉
恋しゅうて　呪います
黒百合の日記帳
苦しゅうて　綴ります

新調きゅらきゅきゅ節

男子たるもの　生まれたからにゃ
（きゅっきゅきゅーきゅっきゅきゅー）
きっと本懐　遂げなきゃならぬ
（きゅっきゅきゅーきゅっきゅきゅー）
たんと苦労の　荊《いばら》の道じゃ
（きゅっきゅきゅーきゅっきゅきゅー）

ぶんがちゃっちゃぶんがちゃっちゃ
ぶんがちゃっちゃぶんがちゃっちゃ
ぶんがちゃっちゃぶんがちゃっちゃ

大人《たいじん》たるもの　短気は損気
（きゅっきゅきゅーきゅっきゅきゅー）
でんと構えて　心で泣いて
（きゅっきゅきゅーきゅっきゅきゅー）
うんと笑えば　明日も晴れる
（きゅっきゅきゅーきゅっきゅきゅー）

ぶんがちゃっちゃぶんがちゃっちゃ
ぶんがちゃっちゃぶんがちゃっちゃ
ぶんがちゃっちゃぶんがちゃっちゃ

恋路たるもの　長居は無用
（きゅっきゅきゅーきゅっきゅきゅー）
ちょいと押したら　今度は引いて
（きゅっきゅきゅーきゅっきゅきゅー）
ぱっと散っても　花なら咲くよ
（きゅっきゅきゅーきゅっきゅきゅー）

ぶんがちゃっちゃぶんがちゃっちゃ
ぶんがちゃっちゃぶんがちゃっちゃ
ぶんがちゃっちゃぶんがちゃっちゃ

猫じゃ猫じゃ

猫じゃ猫じゃとおっしゃるが
猫は下駄など履きやせぬ
二人水性《みずしょう》の忍び逢い
修羅の果てまでサンサノサ

お月さん沈むでないよ
恋の路照らしておくれ

下戸じゃ下戸じゃとおっしゃるが
下戸は銚子で飲みやせぬ
三味の調子で探り合い
差しつ差されつヨイヤサカ

お月さん沈むでないよ
恋の路照らしておくれ

明けの烏　鳴くのはおよし
夢の刻《とき》が　醒めるというに

デコじゃデコじゃとおっしゃるが
デコで豆腐は断ちやせぬ
風邪の熱なら下がりょうが
想いは冷めぬションガイナ

お月さん沈むでないよ
恋の路照らしておくれ

さよう　この世が苦しみなれば
しよう　恋を
こちやえ　こちやえ

さよう　あの世が安らぎなれば
みよう　夢を
こちやえ　こちやえ

蜘蛛の糸

ここはどこじゃいな
硫黄華咲く徒し野の
闇に木霊する
鳴咽慟哭すすり泣き

地獄ジャナイカ
助ケテオクレ
無体ジャナイカ
打タズニオクレ

蜘蛛の糸
ぞろぞろり
蜘蛛の糸
ぞろぞろり

我身可愛さに
無頼《ぶらい》放蕩《ほうとう》し放題
イエスお釈迦様
神は存ぜぬ知りませぬ

地獄ジャナイカ
救ッテオクレ
後生ジャナイカ
堪忍シテオクレ

蜘蛛の糸
ぞろぞろり
蜘蛛の糸
ぞろぞろり

アア　痛イヨ
アア　怖イヨ
アア　暗イヨ
アア　寒イヨ

地獄に仏じゃ
光一筋蜘蛛の糸
ここが天王山
くんずほぐれつ滝登り

来ルンジャナイヨ
切レルジャナイカ
登ルンジャナイヨ
落チルジャナイカ

蜘蛛の糸
ぞろぞろり
蜘蛛の糸
ぞろぞろり

時間からの影

星雲の静寂《しじま》には
無慈悲な神が御座《おは》すとか
黄金の玉座にて
銀河の夢を聞こし召す
悍《おぞ》ましい尊顔は
悪辣《あくらつ》に滾《たぎ》る

異次元の狭間《はざま》から
詰屈《きっくつ》な歌を嘯《うそぶ》けば
狂おしい旋律が
十方を冒《おか》す

現世《うつしよ》は夢
神々の夢

永劫の帳《とばり》から
未来と過去を認《したた》める
忌まわしい法則で
冥界を統《す》べる

現世は夢
神々の夢
現人《うつせみ》は影
神々の影

なまはげ

最果ての土地に　粉雪が舞えば
因習の村は　祝祭の季節
伝説の時を　幾年《いくとせ》も越えて
戒めのために　客人《まれびと》は来たる

山より重い　人の罪
海より深い　人の業

なまげものは　いねが
泣いでるわらしは　いねが

厳しさ　それが愛じゃ
激しさ　それが慈悲じゃ
手心　それが毒じゃ

ざんばらの髪と　わらしべの羽織
赤色《せきしょく》の顔に　憤怒だけが灯る
迷妄で惑う　輩《ともがら》を憂い
発願《ほつがん》の元に　鬼神《おにがみ》となれる

夜より暗い　人の性《さが》
火よりも熱い　人の欲
なまげものは　いねが
泣いでるわらしは　いねが

なまげものは　いねが
泣いでるわらしは　いねが
なまげものは　いねが
泣いでるわらしは　いねが
なまげものは　いねが
泣いでるわらしは　いねが

リジイア

地上に花咲いた　何より美しい
溢《こぼ》れる微笑みは　天使の調べ

夜空に瞬いた　星より懐かしい
夢から訪れた　光の子供
リジイア

リジイア　リジイア
すべてを　持ち得る人よ
悲しみ　苦しみ
優しさ　そして喜び

水面《みなも》に描かれた　月より麗しい
気高い眼差しの　永遠の恋人
リジイア

リジイア　リジイア
すべてを　持ち得る人よ
悲しみ　苦しみ
優しさ　そして喜び

誰のものでもない
あなたはあなたの
生命を生きるのだから

誰のものでもない
あなたはあなたの
心を生きるのだから

宇宙からの色

悍《おぞ》ましいほどの時空を閲《けみ》し
宇宙の果てから
忌まわしいまでの気配に満ちて
暗愚は訪《おとな》う

輪廻を抜けて
次元を越えて

恐怖を撒き散らす
フォトンベルト乗って
地球を搦《から》め取る
アセンション嘯《うそぶ》き
堕落を仄《ほの》めかす
チャネリング装い
禁忌を唆《そそのか》す
テレパシー囁き

宇宙からの色
黄泉からの色

形なき　代物
名前なき　化け物

黄泉
闇
黄泉
闇

姿なき　禍《わざわい》
救いなき　存在

黄泉
闇
黄泉
闇

狂おしいほどの光芒放ち
破壊を嗜《たしな》む
呪わしいまでの冷気を湛《たた》え
血肉を貪る

倫理の外で
狂気の淵で

科学を嘲嗤う
ワームホール潜《くぐ》り
希望を打ちのめす
ダークマター啜《すす》り
病を蔓延《はびこ》らす
オールトの雲から
死霊を呼び寄せる
カイパーベルトから

宇宙からの色
黄泉からの色

邪悪を解き放つ
ホロスコープ廻し
虚空を知ろし食《め》す
スペクトル操り
銀河を弄《もてあそ》ぶ
タキオンの海から
悪夢を差し招く
ゲヘナの彼方から

宇宙からの色
黄泉からの色

宇宙からの色
闇からの色

宇宙からの色
黄泉からの色

恐怖の大王

黙示録の時代
ラッパが鳴り響く
世界のおしまいが
近付いた

眠れる荒神が
時の静寂《しじま》破り
馬頭星雲から
目を覚ます

ダニエル　エゼキエル
ノストラダムスまで
預言された時が
やって来た

荒ぶる凶星が
闇の呪縛解き
北斗七星から
まろび出す

衆生を救うため
この世を正すため
恐怖の大王《おおきみ》は
訪れる

猛々しい貌《かお》で
試練を伴って
オリオンの果てから
現れる

宇宙の仕組みに
逆らうものども
神代の時代に
還してやるのぞ

生命の意味を悟るのじゃ
心の奥を覗くのじゃ
生命に明かり灯すのじゃ
心に光戻すのじゃ

恐怖の大王
永遠に幸あれ
恐怖の大王
永遠に栄えあれ

浮世の栄華に
驕れるものども
原初の地平に
戻してやるのぞ

怒りの杖を下すのじゃ
涙の雨を降らすのじゃ
怒りの慈悲で叩くのじゃ
涙の愛で包むのじゃ

恐怖の大王
永遠に幸あれ
恐怖の大王
永遠に栄えあれ

自然の理《ことわり》
抗うものども
太古の常世に
直してやるのぞ

地上に楽土造るのじゃ
仏の国を建てるのじゃ
地上に夢を結ぶのじゃ
仏の花を咲かすのじゃ

恐怖の大王
永遠に幸あれ
恐怖の大王
永遠に栄えあれ

芳一受難

阿弥陀寺の　丑三つ刻
草木も皆　眠り落ちている
生ぬるい風　怪しい声
狐の火が　乱れ飛んでいる

巧みな調べ弾く　お前がほしい
見事な音色出す　お前がほしい

こっちへ来い
一緒に来い
恐れず来い
迷わず来い
芳一

観自在菩薩行深般若波羅蜜多時
照見五蘊皆空度一切苦厄舎利子
色不異空空不異色色即是空空即是色
受想行識亦復如是舎利子是諸法空相

琵琶の響く　夜の墓場
卒塔婆たちが　すすり泣いている
精も根も　尽き果てんと
天を仰ぎ　撥《ばち》をかき鳴らす

優しい顔をした　お前がほしい
綺麗な声をした　お前がほしい

こっちへ来い
一緒に来い
恐れず来い
迷わず来い
芳一

亡霊ども　取り憑かれた
命の灯《ひ》が　風に揺れている
お釈迦様の　般若の経
体中に　墨で敷き詰める

あはれを慰める　お前がほしい
無念を紛らわす　お前がほしい

こっちへ来い
一緒に来い
恐れず来い
迷わず来い
芳一

羯諦羯諦波羅羯諦
波羅僧羯諦菩提薩婆訶

雪女

地吹雪の舞い散る夜道
流離《さすら》いの旅人一人
白銀の迷宮呑まれ
一時の庵《いおり》を叩く

寒気が
冷気が
怖気が

孤独が
不安が
恐怖が

しんしんと降り積む雪が
人は皆一人と語る
かじかんだ手先でなぞる
過ぎ去った恋路の記憶

睦言《むつごと》
接吻
抱擁

苦悩が
悔悟が
懺悔が

こんこんと止まない雪は
煩悩も氷らすだろう
とめどない火宅の人に
安らぎを持たらす女

吹雪が
嵐が
雪崩が

青春
情熱
失望

魂の叫びに呼ばれ
音もなく扉が開く

雪のように冷たい心
冬のように閉ざした心
誰も溶かせはしない
雪女

凍てついた微笑と吐息
ゆっくりと囲炉裏が消える

雪のように冷たい心
冬のように閉ざした心
誰も溶かせはしない
雪女

白い　白い
雪が　積もる
寒い　寒い
夜が　更ける

恐ろしい美貌の顔で
声立てず唇奪う

雪のように冷たい心
冬のように閉ざした心
誰も溶かせはしない
雪女

泥の雨

僕の家に　黒い雨が降るよ
窓を叩き　黄泉の使者が来るよ

神様の摂理を外れ
物質が誠を語る
終わりの世界
狂気の時代

降りつみ
やまない
泥の雨

遠い空に　きのこ雲が湧くよ
父や母の　むせび泣きがするよ

黄金に権威を与え
人間に首輪を付ける
奴隷の世界
闇夜の時代

降りつみ
やまない
泥の雨

しとしと
しとしと

天国の光を忘れ
純白を血潮に染める
悪魔の世界
地獄の時代

降りつみ
やまない
泥の雨

マダム・エドワルダ

飾り窓から
涅槃が見える
虚無と脂粉の
曼陀羅絵巻

月の砂漠に
後光が灯る
聖と俗との
金襴緞子《きんらんどんす》

空を行く雲は
好きに変わるのよ
蝶になり
花になり
雨になり
風になり

空を飛ぶ鳥は
好きに行けるのよ
海を越え
山を越え
夜を越え
時を越え

ベッドを脱けて
扉を開けて
車に乗って
夜霧を抱いて
下着になって
淫らになって
突っ疾れ
絶望を

おぉ　マダム・エドワルダ
おぉ　か弱き人よ
おぉ　マダム・エドワルダ
おぉ　か細き腕に
愛を抱け

コートを脱いで
帽子を取って
ワインを開けて
愛撫に酔って
裸になって
子供になって
駆け抜けろ
喧騒を

おぉ　マダム・エドワルダ
おぉ　寂しき人よ
おぉ　マダム・エドワルダ
おぉ　乱れた髪で
夢に落ちろ

ルージュを引いて
睫毛《まつげ》を巻いて
鏡に立って
ポーズを取って
綺麗になって
女神になって
飛んで行け
暗闇を

おぉ　マダム・エドワルダ
おぉ　悲しき人よ
おぉ　マダム・エドワルダ
おぉ　可憐な指に
明日を摑め

月夜の鬼踊り

泣いだわらし　そごいねが
何さ泣いだ　ごんぼほり
思い通り　いがねのは
じょっぱりばし　するがらだ

真ん丸　月夜の晩は
山がら　鬼が出やるぞ
手に手に　刃物を持って
村中　懲《こ》らしめでやれ

赤鬼は金棒で
青鬼は刺叉《さすまた》で
黄の鬼は鋸《のこぎり》で
緑鬼は薙刀《なぎなた》で
踊れ

笑わね人　そごいねが
何さ呪う　うらめしや
人が悪ぐ　見えるのは
己に悪　あるがらだ

満月　明るい夜は
のっしど　鬼が歩ぐぞ
めいめい　武器を片手に
朝まで　懲らしめでやれ

赤鬼は金棒で
青鬼は刺叉で
黄の鬼は鋸で
緑鬼は薙刀で
踊れ

寝れね大人　そごいねが
何さ悩む　倉の中
貯めで貯めで　足りねのは
ほいど根性　あるがらだ

真っ赤な　お月様見で
でっかぐ　鬼が笑うぞ
おのおの　肩怒らせで
夜中　懲らしめでやれ

赤鬼は金棒で
青鬼は刺叉で
黄の鬼は鋸で
緑鬼は薙刀で
踊れ

悪魔祈禱書

俺に力をおくれ
そう悪魔みたいな
別に誰かを騙す
いやそんなのじゃない

嘘つく舌を
抜いてやりたい

俺の魂なんか
そうくれてやるから

アブラカダブラ
悪魔祈禱書

悪魔が来たりて
祝福したもう

悪魔がこぞりて
福音のたもう

俺に印をおくれ
そう獣みたいな
のべつ淫らに耽る
いやそいつは御免

盗っ人たちを
喰らってやりたい

俺の良心なんぞ
そう只でやるから

アブラカダブラ
悪魔祈祷書

俺に翼をおくれ
そう魔物みたいな
空を気ままに翔《かけ》る
いやそれなら無用

企みごとを
暴いてやりたい

俺の幸福なんて
そう欲しいだけやる

アブラカダブラ
悪魔祈祷書

悪夢の添乗員

ようこそ夢の扉へ
不思議な旅の始まりです
今宵に向かいますのは
地の底はるか地獄の果て

三途の川　針の山
押さないで　落ちたなら
生きて帰れない

ナイトツアー　ナイトナイトツアー
悪夢の添乗員
ナイトメア　ナイトナイトメア
悪夢の添乗員
明日見る　お日様は
きっと素敵

いらっしゃい夢の時間へ
とびきり怖くまいりましょう
今晩お乗せするのは
真っ赤に燃えた炎の車

閻魔大王　牛頭《ごず》と馬頭《めず》
触れないで　つかまれば
二度と戻れない

ナイトツアー　ナイトナイトツアー
悪夢の添乗員
ナイトメア　ナイトナイトメア
悪夢の添乗員
明日見る　お日様は
きっと素敵

どうです夢のお味は
不快な汗が止まぬでしょう
今宵はブディズムでした
アラーと耶蘇《やそ》は次週を待て

叫喚地獄《きょうかんじごく》　阿鼻地獄《あびじごく》
止まらないで　はぐれたら
夢を覚めれない

ナイトツアー　ナイトナイトツアー
悪夢の添乗員
ナイトメア　ナイトナイトメア
悪夢の添乗員
明日見る　お日様は
きっと素敵

異端者の悲しみ

流離《さすら》いの魂が
街中に溢れている
諦めの家路就き
今日の日を嘆いている

僕は誰だ
がんじがらめ
我が身体入れられて
ここは何処《どこ》だ
誰も彼も
恨み辛み罵って

本当の世界は何処《いずこ》
懐かしい世界は何処
かつていた世界は何処
異端者の悲しみよ

ああ　永遠に揺らぐ
ああ　光の海
ああ　遠く越えて
ああ　僕はやって来た

ああ　何もかもが
ああ　たった一つ
ああ　君と僕の
ああ　麗しい故郷

暗闇にうずくまり
悔恨に打ち震え
彷徨える精神が
夏の夜に凍えている
屈託の影を踏み
獣道歩いている

慟哭《どうこく》の歌声が
星空に掛かっている
困窮を抱き抱え
絶望に悶えている

僕は誰だ
我見我執
朝な夕な縛られて
ここは何処《どこ》だ
右往左往
明日の糧に迫られて

本当の世界は何処《いずこ》
懐かしい世界は何処
かつていた世界は何処
異端者の悲しみよ

僕は誰だ
ひとりぼっち
骨と皮を背負《しょい》込んで
ここは何処《どこ》だ
輪廻カルマ
悲鳴怒号木霊して

本当の世界は何処《いずこ》
懐かしい世界は何処
かつていた世界は何処
異端者の悲しみよ

泣くがいい
異端者よ
叫ぶがいい
異端者よ

第八章　2018—2023年

警鐘を鳴らす理由

三十周年になるのだった。よくもここまで歩いてきたものだ――当然の感慨が出るのと同時に、畢竟我々がやっているのはサブカルチャーであり、そこに必要なのは若々しい精神、つまり批判、反骨精神に違いないと今更に思い至った。翻って、青年の気持ちを忘れないでいるから今まで継続出来たのだともいえる。三十周年記念盤は、青年であり続けるための決意と、バンド名を拝借した江戸川乱歩への感謝の意を込めて、『新青年』――乱歩がよく寄稿していた雑誌名――と名付けた。

乱歩は少年期に黒岩涙香を耽読していたというから、涙香の翻案小説『巌窟王』の表題も借りねばなるまい。楽曲の一節「ぞべらぞべらした奴原に」は、僕が落語ファンだからこそ知り得た言葉。伝統芸能の火を絶やしてはならない。

雑誌『新青年』からは少し離れるが、深沢七郎の小説名と同じ「月のアペニン山」は、近代人の孤独を指すものとして、収録した。産業革命以降、確かに我々の暮らしは便利になったが、精神の病はますます増えていっているように見える。

孤独。なるほど我々は孤独だ。世界中に、今も己の苦しみ、悲しみ、惨めさからの救いを神に祈らずにはおれない人々がいる。でなければ世界を呪って。ルサンチマン的心情は誰も否定出来ない。彼らの立場から、彼らの歌を作ろうと思った。「この世に天使がいるものなら」一行目を書いた時点で涙があふれた。人は本当に絶望の淵に追いやられたら、言葉など出るものではない。嗚咽と慟哭、それは僕が一番よく分かっている。サビは「シャバダバ……」とスキャットにすることにした。歌うことで、絶望にあっても一縷の望みが生まれよう。歌は希望なのだ。「無情のスキャット」を書き終え、これが世界中の人々の慰めになればいいな、と僕は呟いた。

ほどなくして、ヨーロッパツアーの機会に恵まれた。ドイツとイギリスだけだったが、あの時海外渡航出来て本当に良かったと思う。その後我々を行動制限と、続く貨幣格差が襲うのだから。――いわゆるロックの本場での演奏は、温かく受け入れられた。日本語のロックが通用するんだ、まずもっての感想である。無論、亜流であるのは百も承知だ。ロックはヨーロッパ言語しか認めないという人も厳然といるに違いない。じわじわとこみ上げてきた想念は、だとしても日本で育ち日本で暮らすのであれば、日本語で歌うのが正解であるとの矜持、確信である。ヨーロッパツアーは、大きな収穫をもたらした。

お父さん、お母さん。何と美しく、慈愛に満ちた言葉だろうか。不如意な日常、理不尽な世界を忌憚なく訴えるのに、最もふさわしい呼称だ。「杜子春」の名を借り、記す。

ここ数年で、何名もの友人知人、親戚を亡くした。死は常に我々の身近にあるにしろ、悲しいことには相違なく、同様に寂しさを抱えた人の励ましになればと「星空の導き」を作った。

人間らしく生きるのにこれほど困難な時代が来ようとは。まともなことを喋ったつもりが狂人扱いされる。生きたくばじっと口をつぐむしかないが、果たしてそれで人間といえるのか。せめて表現でもと「生きる」「狂気人間」「人間の証明」などに仮託した。「生きる価値がないなんて　誰が決めた」のだ。もっとも、歌詞のすべてが伝わるとは思っちゃいない。人はおおむね他人の言説には耳を貸そうとしないからだ。自分自身で気づき、得心するしかない。僕が自ずと心の中に光を見出したように。徒労に終わるだろうか、それでも僕は警鐘を鳴らし続けなくてはいけない。なぜなら、ＵＦＯと約束したのだから。

命売ります

命の歌を聴かせておくれ
哀れな俺の鎮魂歌《レクイエム》
仮面を被り茶番を演じ
明日をも知れぬ世捨て人
世界に愛が満ちてるならば
オイラを助けて

何故《なにゆえ》生まれて何故死に逝《ゆ》く
何故愛して何故争う
「命売ります」
バラババンバ　バラババンバ
バラババンバ
バラババンバ　バラババンバ
バラババンバ

命の重さは
羽根より軽いか
山より重いか

命の灯りは
夜より暗いか
火より明るいか

命の意味を教えておくれ
惨めな俺の弔いに
霞を喰らい死骸を抱いて
白けた顔の異邦人
この世に夢がまだあるならば
オイラを救って

何故生まれて何故死に逝く
何故愛して何故争う
「命売ります」
バラバババンバ　バラババンバ
バラババンバ
バラバババンバ　バラババンバ
バラババンバ

天使の声で歌っておくれ
愚かな俺の餞《はなむけ》に
虚言を吐いて恰好をつけて
無頼の果ての放浪者《バガボンド》
地上を神が創ったならば
オイラを諭して

何故生まれて何故死に逝く
何故愛して何故争う
「命売ります」

瀆神《とくしん》

空に瞬く星が　我の故郷《ふるさと》
十億年の彼方　栄華極めた
征服こそが我の　我たる所以《ゆえん》
小惑星帯なら　爆発させた

我こそは亡びの神
我こそは破壊の神
我こそは悪の神なるぞ

地球を回る月は　我の別荘
六万年の昔　地上に降りた
エジプトにバビロニア　司祭を騙《だま》し
ピラミッドの秘密を　暴いてやった

我こそは亡びの神
我こそは破壊の神
我こそは悪の神なるぞ

迫り来る　その日まで
悪徳を　ふりまくぞ
やがて来る　その日まで
縛り続けるぞ

こぞって　崇めよ
こぞって　敬え
こぞって　競えよ
こぞって　争え
こぞりて

自由という　名のもとに
娯楽与えてやるぞ
豊かという　名のもとに
貨幣授けてやるぞ

崇《あが》めよ
敬え
競えよ
争え

光届かぬ闇が　我の揺り籠
ハルマゲドンの末は　帰りもしよう
堕天使たちを連れて　最後の戦
教えてやろう　それが　亡びの美学

我こそは亡びの神
我こそは破壊の神
我こそは悪の神なるぞ

襲い来る　その日まで
害毒を　ばらまくぞ
すぐに来る　その日まで
支配止《や》めないぞ

こぞって　崇めよ
こぞって　敬え
こぞって　競えよ
こぞって　争え

こぞって　崇めよ
こぞって　敬え
こぞって　競えよ
こぞって　争え

こぞりて

屋根裏の散歩者

生きてるふりに　疲れた男
死ぬことそれも　いっそう怖い
退屈だけが　人生だよと
屋根裏部屋に　帷《とばり》を下ろす

愛する資格も
愛される素質も
恋する勇気も
厭《いと》われる覚悟も
何にも持たない
異邦人

夜の街を　ただ流離《さすら》い
夢の中を　ただ彷徨《さまよ》う
たったひとり
ひとり

木枯らしに　肩すぼめ
口笛吹く　後ろ姿
足跡も　残さずに
夜の闇に　消えて行くよ

生き抜くことを　恐れる男
猟奇な趣味で　書棚は埋まり
倦怠だけが　膨らむままに
小さな部屋の　扉を開ける

笑みする情緒も
涙する心も
捧げる矜持も
報われる才気も
一つも持てない
ろくでなし

夜の街を　ただ流離い
夢の中を　ただ彷徨う
たったひとり
ひとり

生き行くことを　忘れた男
路傍の草を　むしってばかり

世界への狂気と
自然への呪いと
社会への嫌悪と
善意への皮肉と
それしか持てない
局外者

夜の街を　ただ流離い
夢の中を　ただ彷徨う
たったひとり
ひとり

巖窟王

日差しの当たらぬ洞窟に
咎《とが》なく捕われ幾年《いくとせ》か
破戒の坊主を輩《ともがら》に
魔道の法力伝えらる

恨み晴らさずにはおくべきか
報い与えずにはおくべきか
願い果たさずにはおくべきか
念彼観音《ねんぴかんのん》

天誅下す
天罰下す
王様

嵐よ起これ　呪いの歌乗せて
雷《いかずち》落ちろ　嘆きの声合わせ

容赦するな　猛り狂え
遠慮するな　暴れ狂えよ

汚水の滴る岩穴に
絶望数えて千早振《ちはやぶ》る
ぞべらぞべらした奴原《やつばら》に
目には目歯には歯知らすべし

いざいざ出陣の時来たり
いよいよ復讐の日は来たり
さあさあ宿願の刻来たり
因果応報

天誅下す
天罰下す
王様

死臭の渦巻く洞穴《ほらあな》に
幽閉されたはいつの日か
仏の道から外るとも
鬼神の威を借り仇《あだ》討たん

ただこの恨みこそ晴らさんと
ただこの報いこそ与えんと
ただこの願いこそ果たさんと
盛者必衰《じょうしゃひっすい》

天誅下す
天罰下す
王様

嵐よ起これ　呪いの歌乗せて
雷落ちろ　嘆きの声合わせ
吹雪よ告げろ　裁きの日が来たと
山鳴り響け　終わりが始まると

いろはにほへと

乙女の命は短くて
咲いては散りゆく定めなら
桜の色づく時のよに
艶《なまめ》く仕草で舞い踊れ

たまゆらの恋でもしよう

男の心は秋の空
晴れのち曇りのにわか雨
雨なら涙の真心を
降らすが男の意気地なり

うたかたの夢でも見よう

色は匂へど　散りぬるを
我が世誰ぞ　常ならむ

有為の奥山　今日越えて
浅き夢見じ　酔ひもせず

恋路の行方は獣道
鬼にも変われば阿修羅にも
尽きせぬ迷いの道ゆえに
なおさら愛しく見えるもの

うつせみの歌でも歌おう
うつしよの旅を続けよう

月のアペニン山

幸せをつかむにはあまりに　か細い指
喜びを抱くにはあまりに　か弱い腕
ただ僕のかたわらで静かに　眠れる人

秋の夜の新月の空より　か黒い髪
冬の夜の新雪の道より　白い素肌
ただ僕の目の前で幽《かす》かに　微笑む人

この星に生まれ
束の間に出会い
語り足りぬまま
愛し足りぬまま
遠ざかる人よ

悲しみを拒むにはあまりに　小さい背《せな》
優しさをもらうにはあまりに　冷たい頬
ただ僕の腕の中何かを　夢見る人

にび色の湖の底より　深い瞳
薄色のあじさいの花より　淡い化粧
ただ僕の肩ごしにどこかを　見つめる人

同じ時生まれ
同じ星見つめ
分かり合えぬまま
愛し合えぬまま
走り去る日々よ

月のアペニン山が遠くで　光っている
月のアペニン山が無言で　そびえている

無情のスキャット

この世に天使がいるものなら
私の頬にも恵みをくれ
報わることない労苦背負い
日陰に佇むこの私に

天翔る日は来るだろか
陽の目を見る日あるだろか
天使様

シャバダバ・・・

空に数多星が光る
誰も彼も星の御許《みもと》
千の願い胸に膨らませ

ルルル・・・

どこかに女神が潜むのなら
私の額《ぬか》にも微笑をくれ
勝利のワインの味も知らず
恋すら実らぬこの私に

美酒に酔う日は来るだろか
愛を抱く日あるだろか
女神様

シャバダバ・・・・

いずこか仏が御座《おは》すのなら
私の元にもお慈悲をくれ
めぼしい物など何も持たず
侘びしく　寂しく
しくじりばかりのこの私に

満ち足りる日は来るだろか
夢の叶う日あるだろか
仏様

シャバダバ・・・・

私の命に光を
私の明日に光を
すべての命に光を
すべての明日に光を

無限の住人　武闘編

懊《おう》　懊　懊　懊
懊　懊　懊　懊

斬《ざん》ッ　銼銼斬《ざざざん》ッ
蛮《ばん》ッ　罵罵蛮《ばばばん》ッ
斬って斬って斬っても
刀剣《つるぎ》薙刀《なぎなた》
断《だん》ッ　打打断《だだだん》ッ
岩《がん》ッ　峨峨岩《ががが ん》ッ
屠《ほふ》って屠って屠っても
刺客剣士剣客

いつまで闘う　己が罪の果つるまで
どこまで血を見る　人の恨み消ゆるまで

いつまで争う　己が業を絶つまで
どこまで身を切る　人の無念晴るるまで

愛を胸に秘め
肩をそびやかし
明日も刃抜く
それが
無限の住人

手足をもがれても
胴体ちぎれても
阿修羅が誘う
戦いの火蓋

鏨《ざん》ッ　嵯嵯鏨《ざざざん》ッ
卍《ばん》ッ　魔魔卍《ばばばん》ッ
刺して刺して刺しても
遺恨怨嗟怨念

愛を抱きしめて
背を震わせて
今日も刃抜く
それが
無限の住人

懊　懊　懊　懊
懊　懊　懊　懊

惨《ざん》ッ　挫挫惨《ざざざん》ッ
挽《ばん》ッ　馬馬挽《ばばばん》ッ
突いて突いて突いても
血潮血反吐血飛沫《ちしぶき》
弾《だん》ッ　陀陀弾《だだだん》ッ
頑《がん》ッ　牙牙頑《ががかん》ッ
払って払って払っても
骸《むくろ》髑髏《どくろ》屍《しかばね》

壇《だん》ッ　堕堕壇《だだだん》ッ
巌《がん》ッ　瓦瓦巌《ががかん》ッ
倒して倒して倒しても
嗚咽悲鳴絶叫

いつまで諍《いさか》う　己が命あるまで
どこまで見送る　人に涙あるまで

愛を噛みしめて
時を踏みしめて
月に刃抜く
それが
無限の住人

懊　懊　懊　懊
懊　懊　懊　懊
懊

杜子春

Om

お父さん
黄泉路の国でお達者でしょうか
お母さん
その後お体変わらずいますか

杜子春は辛いのです
この世が暗いのです
すべてがあべこべです
嘘が真《まこと》　真が嘘

Om

お父さん
常世の国は住みよいでしょうか
お母さん
季節折々ご自愛ください

杜子春は怖いのです
病が止まぬのです
災いが消えぬのです
生きるも地獄　死ぬるも地獄

空を舞う　鳥たちの　健やかさ
野を駆ける　獣らの　朗らかさ
なぜに　我々は迷うのでしょう

お父さん
いずれそちらに伺いますので
お母さん
お顔拝めずお許しください

杜子春は寒いのです
世界が冬なのです
争いが絶えぬのです
顔は菩薩　腹は阿修羅

杜子春
杜子春
杜子春
呼ばう心の声が
杜子春
杜子春
杜子春
諭す心の声が

道は己で選べと

杜子春
杜子春
杜子春
呼ばう心の声が
杜子春
杜子春
杜子春
諭す心の声が

道は己で進めと

杜子春
杜子春
杜子春
呼ばう心の声が
杜子春
杜子春
杜子春
諭す心の声が

道は己で摑めと

Om

人間ロボット

同じ顔　同じ顔
同じ声　同じ声

夢の知らせがポストに届いたよ
永遠《とわ》の未来を約束するそうだ
みんな笑顔で暮らせる明るい計画
誰も病にならずに健やか健康

ハイテクノロジー駆使して生まれたよ
駄目な体を脱皮できるそうだ
みんな力がみなぎり明日も頑健
誰も百人力だよよろしく頑丈

不安は　いらない
痛くは　ないから
心を　静かに
こちらに　サインを
上着を　脱いだら
ベッドで　お眠り

ギイギイギイ
ギイギイギイ
人間ロボットだ

もう　苦しまなくていい
もう　悲しまなくていい
愛も　恋も　なくていい
もう　働かなくていい
もう　煩《わずら》わなくていい
夢も　希望も　なくていい

ギイギイギイ
ギイギイギイ
人間ロボットだ

同じ顔　同じ顔
同じ声　同じ声

ルサンチマンに朗報走ったよ
憧れの人スターになれるそうだ
みんなダビデにモナリザ美貌に喝采
誰もプラトンニュートン無敵の天才

好みの　体を
イメージ　ください
あなたの　代わりに
輝く　ことでしょう
機械と　交わり
ぐっすり　お休み

同じ顔　同じ顔
同じ声　同じ声

この世の　天国
咲かせて　あげます
あなたは　あなたを
卒業　しますよ
魂　差し出し
ゆっくり　お眠り

ギイギイギイ
ギイギイギイ
人間ロボット
人間ロボット
人間ロボットだ

宇宙海賊

俺たちゃ宇宙海賊
ならず者らの集まり
果ても知れない宇宙を
財宝求め彷徨《さまよ》う

奪え　根こそぎ取れ
もっと　ヨーソロー
襲え　遠慮するな
もっと　ヨーソロー

銀河系　またにかけ
自由気ままに暴れる
十次元　飛び越えて
傍若無人ふるまう

盗賊

俺たちゃ宇宙海賊
はみ出し者の集団
故郷《ふるさと》なんてないのさ
略奪こそが生き甲斐

奪え　もれなく取れ
もっと　ヨーソロー
襲え　容赦するな
もっと　ヨーソロー

俺たちゃ宇宙海賊
札付き者の団体
帝国軍にゃ嫌われ
解放軍にゃ追われる

逃げろ　面舵《おもかじ》いっぱい
もっと　ヨーソロー
進め　取り舵いっぱい
もっと　ヨーソロー

銀河系　またにかけ
自由気ままに暴れる
十次元　飛び越えて
傍若無人ふるまう

盗賊

銀河系　またにかけ
自由気ままに暴れる
十次元　飛び越えて
傍若無人ふるまう

大宇宙　またにかけ
勝手放題さすらう
時間軸　飛び越えて
放蕩無頼はたらく

疾《はし》れＧＴ

夢に終わりが来ても
君よ忘るるなかれ
青春に輝いた日々を

時は戻らぬけれど
君よ思い出すのだ
熱風が駆け抜けたことを

エンジンオイルの　焼けつく匂い
天まで届け　レブカウンター
ブンブブン

疾《はし》れ
ＧＴ　果てしなく
ＧＴ　限りなく
ＧＴ　いつまでも
ＧＴ　どこまでも
浪漫を求めて

ガソリン　満タン　万端　用意どん
電源　満タン　万端　用意どん
睡眠　満タン　万端　用意どん
心身　満タン　万端　用意どん

夜が詩人であると
君よ気づいているか
郷愁の詩歌《うた》うことを

アウトインアウト　張りつくタイヤ
虚空に響け　フルスロットル
ギュンギュギュン

星の瞬き見上げ
君よ感じてほしい
熱情は美しいことを

ヒールアンドトゥ　華麗にきめて
夜空を焦がせ　アフターファイア
バンババン

疾れ
GT　果てしなく
GT　限りなく
GT　いつまでも
GT　どこまでも
浪漫を求めて

疾れ
GT　果てしなく
GT　限りなく
GT　いつまでも
GT　どこまでも
浪漫を求めて

夢を追い掛けて
時を追い越して
星を追い掛けて
夜を追い越して
疾れ

さらば世界

底知れぬ闇　いまわの際《きわ》のこの世界
偽りの愛　聖母の頬《ほお》に血が伝う
逃げ出したいさ　一抜けたいさ
青春の日々　夢は遠くになりにけり

正義の教え　何もない
義憤の拳《こぶし》　何もない
自由の謳歌《おうか》　何もない
平和の予兆　何もない

だからこう告げるのだ

さらば世界よ
愛しい日々よ
光求めともに行かん

新しい時代
限りない慈愛
永劫に続く楽園

素晴らしい世界
果てしない地平
永久に開く花園

人は人のまま
あり続ける
愛は愛のまま
抱き合って　溶け合って

血みどろの雨　争いだけのこの地上
沈黙の民　頭《こうべ》を垂れて何を待つ
駆け出したいさ　飛び出したいさ
郷愁の日々　返りはしない夢の跡

底なしの沼　預言通りのこの時代
戒めの槌《つち》　天も大地も荒れ狂う
泣き出したいさ　やり切れないさ
追憶の日々　昔の夢よ今いずこ

赤子の微笑　何もない
娘の逢瀬　何もない
男の子の大志　何もない
操《みさお》の契り　何もない

だからこう叫ぶのだ

さらば世界よ
愛しい日々よ
光求めともに行かん

獣の姿　何もない
野鳥の形　何もない
羽虫の響き　何もない
草葉の緑　何もない

だからこう誓うのだ

さらば世界よ
愛しい日々よ
光求めともに行かん

さらば世界よ
愛しい日々よ
さらば世界よ
愛しい日々よ

神々の決戦

神々は決意をする
戦いの狼煙《のろし》は今
悪神のはびこる様
捨て置くは我慢ならぬ

往《ゆ》かん　往かん　いざ往かん
往かん　往かん　いざ往かん
往かん　往かん　いざ往かん
往かん　往かん　敵の中へ

神と神の戦い
善と悪の戦い
天と黄泉の戦い
はっけよい　はっけよい
はっけよい　のこった

宙を舞い飛び
剣をなげうつ
闇を切り裂き
悪を葬る

神々は腹をくくる
積年の勝負の時
苦しみを根絶やすため
安らぎをもたらすため

進め　進め　いざ進め
進め　進め　いざ進め
進め　進め　いざ進め
進め　進め　敵の陣地

神々は覚悟をする
暴虐はもうこれまで
軍勢も意気軒昂
決戦の火蓋《ひぶた》が開《あ》く

勝たん　勝たん　いざ勝たん
勝たん　勝たん　いざ勝たん
勝たん　勝たん　いざ勝たん
勝たん　勝たん　邪神どもに

神と神の戦い
善と悪の戦い
天と黄泉の戦い
はっけよい　はっけよい
はっけよい　のこった

神と神の戦い
善と悪の戦い
天と黄泉の戦い
はっけよい　はっけよい
はっけよい　のこった

神々の決戦が　目の前に迫り来る
最終の戦いが　今まさに起こるのだ
神々の決戦が　目の前に迫り来る
終末の争いが　今まさに始まるのだ

生きる

生きる価値がないなんて
誰が決めた
人は何かするために
いるのだから

喜び　追い求め
幸せ　追い掛けて

風のように　僕は生きる
鳥のように　僕は生きる

心の　声に従い
歩こう　怖いことない
魂　耳を澄ませて
進もう　間違いはない

空も海も山も輝き出す
君も僕もすべて光の中

生きる意味がないなんて
誰が言った
みんな望み世の中に
いるのだから

苦しみ　闘って
悲しみ　乗り越えて

風のように　僕は生きる
鳥のように　僕は生きる

生きる理由《わけ》がないなんて
誰が決める
人の道を外れずに
行くのだから

夢を　見続けて
愛を　育んで

風のように　僕は生きる
鳥のように　僕は生きる

歌のように　僕は生きる
星のように　僕は生きる

狂気人間

おかしな　ことだけ　起こっている
まともな　ものなど　一つもない
そ知らぬ　素振りの　空ろな顔
右も左も

愛が消える
夢が消える
見渡す限りの　灰色の景色

狂気　いや正気
ここはどこだろう

嬉しいなら　笑いたい
悲しいなら　嘆きたい
悔しいなら　叫びたい
寂しいなら　騒ぎたい
なぜなら私は　人間

おかしな　奴らが　溢《あふ》れている
慈善の　笠着た　おためごかし
追いつけ　追い越せ　後れ取るな
どこもかしこも

心が消える
真《まこと》が消える
凍りつきそうな　暗闇の時代

狂気　いや正気
神はどこだろう

嬉しいなら　笑いたい
悲しいなら　嘆きたい
悔しいなら　叫びたい
寂しいなら　騒ぎたい
なぜなら私は　人間

おかしな　奴だと　言われちまう
自由が　欲しいと　願うだけで
足並み　揃えて　大行進
今日も昨日も

恋が消える
歌が消える
地平の先まで　鈍色《にびいろ》の世界

狂気　いや正気
明日《あす》はどこだろう

嬉しいなら　笑いたい
悲しいなら　嘆きたい
悔しいなら　叫びたい
寂しいなら　騒ぎたい
なぜなら私は　人間

嬉しいなら　笑いたい
悲しいなら　嘆きたい
悔しいなら　叫びたい
寂しいなら　騒ぎたい
なぜなら私は　人間

人間の証明

泣き叫び　生まれてきた
苦しみの　真っ只中
へその緒が　切られた時
人間に　俺はなった

不幸なら　刻んでやる
試練なら　畳んでやる
不安なら　丸めてやる
俺は俺だ　怖いものか

目を開き　口開き　笑い出せ
人間だぞ
手を振って　足振って　歩き出せ
人間だから

草花が　枯れるように
死神は　誰にも来る
善と悪　陰《かげ》と日向《ひなた》
失敗も　悔みもない

晴れならば　踊ってやる
雨ならば　歌ってやる
酒ならば　食らってやる
俺は俺だ　止まるものか

目を開き　口開き　笑い出せ
人間だぞ
手を振って　足振って　歩き出せ
人間だから

人間の証明

人生の　目的とは
金と欲　それでもいい
一粒の　涙だけが
宝石に　変わりもする

恋ならば　挫《くじ》けずやる
夢ならば　叶えてやる
愛ならば　与えてやる
俺は俺だ　負けるものか

目を開き　口開き　笑い出せ
人間だぞ
手を振って　足振って　歩き出せ
人間だから

宇宙電撃隊

闇夜を走る一筋の
希望の光　電撃！
平和を守り愛つなぐ
正義の味方　電撃！

光のように現れて
石火のごとく消えてゆく
巨大な悪に立ち向かう
みんなのためのヒーロー

虚空をよぎる一条の
誠の明かり　電撃！
地上を救い夢渡す
覚悟の戦士　電撃！

光とともにやって来て
勝利とともに去ってゆく
宇宙の闇をやっつける
僕らのためのヒーロー

夜空を進む一本の
未来の印　電撃！
緑をかばい子に託す
義侠《ぎきょう》の兵士　電撃！

光のように戦って
流星のよに飛んでゆく
数多の敵を懲《こ》らしめる
明日のためのヒーロー

出撃だ
突撃だ
ファイアー　ファイアー
ファイアー

ファンファンファファン
ファンファンファファン
ファンファンファファン
ファンファンファファン
ファンファンファファン
ファンファンファファン
ファンファンファファン
ファンファンファファン

宇宙電撃隊

迎撃だ
反撃だ
ファイアー　ファイアー
ファイアー

ファンファンファファン
ファンファンファファン
ファンファンファファン
ファンファンファファン
ファンファンファファン
ファンファンファファン
ファンファンファファン
ファンファンファファン

宇宙電撃隊

攻撃だ
追撃だ
ファイアー　ファイアー
ファイアー

ファンファンファファン
ファンファンファファン
ファンファンファファン
ファンファンファファン
ファンファンファファン
ファンファンファファン
ファンファンファファン
ファンファンファファン

宇宙電撃隊

地獄大鉄道

悪行に諸手を染めて
権力にあぐらをかいた人よ
お迎えの列車が来るぞ
行先が知らぬとは言わせぬぞ

ガタゴトン　ガタゴトン　ガタゴトン
今までの　天罰を　受けるのじゃ
ガタガタン　ガタガタン　ガタガタン
容赦ない　懲らしめを　受けるのじゃ

冥土へと　おどろどろ
奈落へと　おどろどろ

地獄大鉄道

善人の素振りをしては
人様をだましてだけの人よ
お別れの時間が来たぞ
偽りの挨拶はいらないぞ

ガタゴトン　ガタゴトン　ガタゴトン
正直に　罪業を　述べるのじゃ
ガタガタン　ガタガタン　ガタガタン
心から　償いを　述べるのじゃ

冥土へと　おどろどろ
奈落へと　おどろどろ

冥土へと　おどろどろ
奈落へと　おどろどろ

地獄大鉄道

ガタゴトン　ガタゴトン　ガタゴトン
今までの　天罰を　受けるのじゃ
ガタガタン　ガタガタン　ガタガタン
容赦ない　懲らしめを　受けるのじゃ

快楽に溺れるままに
贅沢が身に染み付いた人よ
あの世への車が来たぞ
切符ならこちらで用意したぞ

ガタゴトン　ガタゴトン　ガタゴトン
ご馳走が　幻に　変わるのじゃ
ガタガタン　ガタガタン　ガタガタン
愛人が　亡霊に　変わるのじゃ

冥土へと　おどろどろ
奈落へと　おどろどろ

地獄大鉄道

星空の導き

君は青春に生きて
春の風のように去った
夜の寂しさの中で
今も思い出は灯る

いつか迎える　旅立ちの時まで
暗がり道に　迷わぬように
見守りたまえ

ひとりぼっちじゃないのさ
夢で会える
一人一人の心に
君は生きる
いつまでも

空に星たちが光る
森に鳥たちが歌う
海の潮騒とともに
砂は永遠に帰る

やがて近づく　さよならの時まで
孤独な旅に　疲れぬように
励ましたまえ

ひとりぼっちじゃないのさ
夢で会える
一人一人の心に
君は生きる
いつまでも

いずれ訪《おとな》う　安らぎの時まで
険しい道に　転ばぬように
導きたまえ

ひとりぼっちじゃないのさ
夢で会える
一人一人の心に
君は生きる
いつまでも

ひとりぼっちじゃないのさ
夢で会える
一人一人の心に
君は生きる
いつまでも

いつまでも
いつまでも

死出の旅路の物語

生はまにまに　やがては終わる
その日は誰も　知らない
何をなしたか　なさずにいたか
その日初めて　知るのだ

限りない旅が　今始まる
果てしない夢が　今広がる

苦しみもない　悲しみもない
そこに行くために

裁きがある　禊《みそぎ》がある
祈りがある　懺悔《ざんげ》がある
死出の旅路の物語

パラッパラー
第一の扉
血みどろの雹《ひょう》

パラッパラー
第二の扉
燃え盛る山

パラッパラー
第三の扉
降ってくる星

パラッパラー
第四の扉
押し寄せる闇

生は蜉蝣《かげろう》　一時《ひととき》の夢
いつか覚めねば　ならない
愛しい肉体《からだ》　愛しい記憶
すべてが灰に　なるのだ

揺るぎない愛に　今包まれる
大いなる腕に　今抱かれる

安らぎばかり　幸せばかり
そこに行くために

裁きがある　禊がある
祈りがある　懺悔がある
死出の旅路の物語

パラッパラー
第五の扉
底なしの穴

パラッパラー
第六の扉
災いの天使

パラッパラー
第七の扉
審判の声

終わりない生が　今放たれる
麗しい声が　今木霊する

絶望もない　失望もない
そこに行くために

裁きがある　禊がある
祈りがある　懺悔がある
死出の旅路の物語

険しく辛い　道程《みちのり》
寂しく遠い　道程
苦しく寒い　道程
死出の旅路の　道程

撮影　ほりたよしか

和嶋慎治 *Shinji Wajima*

一九六五年十二月二十五日、青森県生まれ。大学時代に高校の同級生だった鈴木研一とハードロックバンド「人間椅子」を結成。一九九〇年、デビュー。以来、紆余曲折を経ながらもバンド活動を続け、これまでに二十三枚のオリジナルアルバムを発表。ライブには多くの熱狂的ファンが詰め掛け、海外での評価も高い。エフェクターマニアとして名高いほか、文学、落語、バイク、キャンプなどへの造詣も深い。本書は初の自選詩集。本人曰く、詩作品に関して、山頭火、宮沢賢治、高橋新吉、夢野久作、そして江戸川乱歩らの影響を受ける。

無情のスキャット　人間椅子・和嶋慎治自選詩集

二〇二四年十月二十一日　第一刷発行
二〇二四年十一月十八日　第二刷発行

著者　和嶋慎治

発行人　杉岡中
発行所　株式会社　百年舎
〒一四一－〇〇三一
東京都品川区西五反田二－一三－一－五階
電話　〇三－六四二一－七九〇〇

ブックデザイン　原 研哉＋中村晋平

印刷・製本　藤原印刷株式会社

Printed in Japan
ISBN 978-4-9912039-4-7
JASRAC 出 2406668-401